淑女的骑士

典心 作品

典心

中国出版集团
现代出版社

她是名门淑女，有一双被天神赐福的手，
是世上最年轻的古绣画修复师，更是家族的荣耀。
为了保护那双重要到堪比世界遗产的手，
她的四周有着重重保护，犹如铜墙铁壁，
而他却能突破阻碍，神不知鬼不觉地把她带走……

这位绑匪先生跟她之前遇过的都不同，
斯文有礼不带半点威胁性，还自报姓名，
而且刚强如他，却因为她一句话瞬间害羞脸红，
强烈的反差萌电得她的一颗心怦怦正直跳——
从有记忆以来，她的心思都在精进绣法，
得到长辈的赞许、旁人的惊叹上，
一直到他的出现，深深撼动她的世界，
心中那头从来安安静静的小鹿，蠢蠢欲动起来，
看见处变不惊的他，因为她而失常、失控，
她终于忍不住抛开淑女矜持，忘情地以吻攻击他……

楔子

悠扬悦耳的音乐声，飘扬在布置奢华却又不流于俗丽的空间中。身下舒适的象牙色小牛皮沙发，扶手处镶嵌着紫檀木，面前则是一张四面雕四季花卉的古董画桌。

东方与西方的极致奢华，糅合得浑然天成。

一个高大黝黑的男人，一只手拎着两个水晶杯，另一只手则拿着一瓶粉红香槟王。他在丁湘悦面前隔桌的那张沙发上坐下，平稳熟练地打开瓶塞，将淡粉红的香槟倒入杯中。

“请用。”他笑容可掬地说道，把杯子推向她。

无数的小气泡，从杯里嘶嘶地往上蹿，芬芳的气息随之飘来。她接过香槟杯，只迟疑了一会儿，就深吸一口气，仰头咕噜噜地喝下冰透的香槟。

冰凉的液体，滋润她干渴的喉咙，杯子才见底，男人又贴心地倒入香槟，她这次想也不想，又一口喝干。

连喝了四杯，丁湘悦才呼了一口气，放下手里的杯子。缓和干渴的同时，酒精化进血液，让她白皙的双颊，染上淡淡的红。

男人黑亮的双眸，始终没有移开，直望着她瞧，眼神却没有邪气，不会让人觉得不自在。

“你总是这么看人吗？”酒精让她放松，好奇像香槟里的气泡，在她血液里流窜。

“抱歉，我忍不住，没办法不看你。”他很礼貌，虽然高大，但一举一动都很斯文，不带半点威胁性，“你美得让我无法不看。”

她认真想了想，习惯性地微微侧头，绑成马尾的发束从肩膀倾泻，些许发丝落进领口，跟白润的肌肤形成强烈的对比。

“这就是所谓的搭讪吧？”她还是第一回遇见。

令人意外的，那张俊脸上露出受伤的神情。

“并不是。”他严正否认。

她眯起双眼，靠上前去，觉得心里某个部分被深深撼动，那是一种疼爱的情绪！

哎呀呀，谁让他人高马大，言行自信，却因为她的一句话，就露出那种表情，简直像是凶猛的獒犬，被主人责备过后，瞬间变成小可怜。强烈的反差萌电得她爱心怦怦直跳，好想摸摸他的头，给他很多的秀秀。

想着想着，她的手都伸出去了，到半途才匆匆停住，连忙正襟危坐。

“告诉你，一瓶香槟是没办法灌醉我的。”不过，的确会引发她奇怪的言行，例如她还是手心刺痒，甚至开始猜想，如果真的摸上他的短发，会是什么样的触觉？

“我不是想灌醉你。”他靠回椅背，健壮的身躯填满沙发。

“那你想做什么？”她问。

语声刚落，他就匆匆转开视线，黝黑的颧骨竟浮现暗红。

“你害羞了！”她不可思议地喊，小脸凑近，近乎赞叹地观看，比看见珍禽异兽更讶异。毕竟，这个年头要找到一个会害羞的男人，难度比在沙滩找到一颗钻石更难。

他的反应，让丁湘悦更好奇了。

从小跟人相处，尤其是青春期后跟异性相处，感觉不自在的人总是她。如今，状况竟然反过来了，对象还是一个英俊好看的男人。

等等，她问了什么，让他害羞？

嗯——想做什么？

对了，她是问了这一句。

根据她对男人的粗浅认识，疑问从她被酒精松动的舌头，没经过半点修饰就脱口而出。

“你在想色色的事吗？”她凑得更近，双眼闪闪发光，不依不饶地追问。“跟我有关的色色？”

正用喝香槟掩饰失态的男人，猛地呛咳起来，香槟洒得到处都是，失手跌落的水晶杯，还好是落在地毯上，才免去摔碎的厄运。

“咯、咯——”他咳得停不下来，俊脸扭曲。

眼前的女人却还不放过他。

“到底是不是啊？”好奇的双眼眨啊眨，甚至想要起身。

还好，先前通过一段不稳定的气流时，他重新为她系紧的安全带，仍旧绑在她腰间，阻止了她的行动。

“我可以解开安全带了吗？”她在自行解开前问道。毕竟窗外只见蓝天白云，而这架飞机——超级舒适奢华的私人飞机——也不知道正要飞往何处。

“绝对不行。”他嘴上这么说，自个儿却站起来，狼狈地拍去衣服上的香槟，径自往驾驶舱走去。

她不满地抗议。

“那你为什么就可以？”

话还没说完，他就停下脚步，深吸一口气，慎重地回过头，用低沉的语音无比认真地告诉她。

“相信我，我平常不是这样的。”

绑架她的男人说完，就打开一扇门离开了。

丁湘悦愣了几秒，呆望紧闭的舱门，蓦地咯咯笑出声来。

啊，他真是她见过的最可爱的绑匪了！

第一章 | Chapter 01

好小的国际机场。

这是丁湘悦走下私人飞机后，脑子里冒出的第一个念头。

荒凉的旷野一望无际，处处堆着雪。反观机场占地却不大，除了她所搭乘的私人飞机之外，只停了四架不适合长途飞行的小飞机。挂着国际机场看板的建筑只有三层，刷了淡蓝色的油漆。

一阵冷风吹来，她眯起双眼，不由自主地瑟缩。

虽然在打开舱门之前，绑匪先生已经拿出保暖衣物，很绅士地等她换妥后，才带领着她下飞机，但是相比机舱内的温暖，户外冷飕飕的极寒气候还是让人不禁颤抖。

闲得无事的海关人员很熟练地避开视线，对他们视而不见，更没有检查护照或任何文件。

机场外头，一个衣着笔挺的男人站在一辆加长型劳斯莱斯旁，车子酒红色的烤漆在荒凉的旷野衬托下极为显眼。男人看见他们后，恭敬地脱下驾驶帽，打开沉重的车门。

一阵暖气从车内传来，她想也不想，径自往车里钻，在暖暖的皮质车椅上找到最舒适的位置，这才呼了一口气。

绑匪在她身后上车，没有坐到前座去，而是选择跟她一起待在后座。他虽然高大挺拔，但是车内空间远比一般车辆大上许多，所以两个人同处后座，倒也不觉得拥挤。

车内比外头温暖，但是也不至于燠热，她脱掉软软的皮草帽子跟防风保暖大衣，身穿着素色羊绒衣裳，觉得不冷也不热。

车子驶离机场，沿着公路前进。她透过车窗，望向窗外的景色。

寒冬时期，路旁大片的树林看不见半点绿意，光秃秃的枝干，挺直地站立在寒风中，绝大多数都是在寒带才能存活的白桦树。

没过多久，车子转了个弯，左方出现一个湖，湖面结着厚厚的冰层。

丁湘悦欢呼一声，整张小脸猛地往车窗贴去，双眼睁得又圆又大。

在太阳的照耀下，冰层呈现独有的湛蓝色，湖面大得惊人，深深浅浅的蓝色一望无际，冰层清透的地方，蓝得就像宝石，远远望去有许多吉普车在冰上行驶，留下白色的痕迹。

“我们可以把车子开到冰上吗？”她转过头来，兴高采烈地问，丝毫没有遭遇绑架的被害者该有的惊恐，反倒兴奋得像是在旅行。

“不行，那样太危险。”他回答，“每年都有超过五十辆各类型的车，因为冒险跨越湖面，连人带车沉进水底，再积极的搜救最后都徒劳无功。”看似平静的冰面，其实隐含杀机。

美丽的小脸垮了下来，惋惜的表情半点都隐藏不住。

他心口一抽，心里的罪恶感浓得像是刚刚踹了小猫咪一脚。

“我不能让你遭遇危险。”他一字一句地说道。

她点点头，双手贴着车窗，还在贪看美丽的湖面。

“另外，我也不希望你害怕。”他坐直身子，语音尽量温柔，“你肯定觉得很困惑，为什么我会把你从位于台北的工作室带到这里来。”

小脸转了过来，露出刻意灿烂的笑，愉快地提醒：

“是绑架。”

他只能咬牙承认：“是，的确是绑架。”

“我并不害怕。”她坦陈，“这并不是我第一次遭遇绑架，我数数啊，应该有一次、两次、三次……”她扳着手指，数了又数。

“聘雇我的人跟我对你都没有恶意。”他认真地说道，尽量不去回忆她背景资料上的记录。偏偏他有过目不忘的本事，轻易就能想起，她年仅八岁时就遭遇第一次绑架，之后更是意外连连。

厚实的大掌不自觉地收紧，心中的怒气，让他恨不得把那个绑架她的家伙活活掐死——问题是，他现在所做的事，也是绑架！

为了保护她的安全，她的四周有着重重保护，犹如铜墙铁壁，一般人根本难以接近。而他却能突破阻碍，神不知鬼不觉地把她带走。

罪恶感弥漫心头，他深吸一口气，硬挤出笑容。虽然自认为是释出善意，却不知道此刻的表情，足以把一整班幼稚园的小朋友吓哭。

“我姓杨，杨仁国。”

清澈的双眸眨了眨，露出诧异的神情。

噢，这可稀奇了，绑匪居然自报姓名！姑且不论他说的姓名是真是假，这对于遭遇绑架经验丰富的她，倒是第一次遇见。

因为他特别可爱，所以言行也特别得很吗？

她莞尔一笑。

“杨先生，绑架我的人目的只有两种：一种是为了我的钱；

另一种则是为了我的技术。很明显，你的雇主比我有钱得多，再者，下飞机之前，你还特地为我戴上这个——”

纤细的双手往前伸，露出做工讲究的小羊皮手套。

毫不意外的，手套完全符合她的尺寸。

手套保护了她的双手，即使私人飞机跟劳斯莱斯之间的距离不长，但是他还是要确保她的双手，在这段时间内能够保持温暖。

“你的雇主需要的是我的技术。”她笑眯眯地说道，小手在手套里舒展，确保血液通畅、双手柔软。“所以，我应该性命无虞，对吧？”

“没错。”

他点头，语意里没有赞许，反倒浓眉微拧。

能这么快看清局势，判断自身安危，除了她自身聪慧之外，肯定也是经验丰富所赐。

“再过一会儿，你就可以见到我的雇主。”他补充道。

“了解。”她耸了耸肩，一副满不在乎的模样，又盯着窗外冰湖看了好一会儿，最后衷心说道，“你的雇主住得真远啊！”

☆☆☆

古老城堡耸立在三面环湖的岩石上，俯视浩瀚无边的湖面。凛冽的寒风，以及年复一年的暴雪，不断侵袭城堡的外墙，却无损它巨人般傲然耸立的强硬姿态。

车子在城堡的大门前停下，驾驶员关闭引擎后，就静静地坐在原位。

杨仁国扭了扭颈项，舒展上半身筋骨，健壮的肌肉在衣衫下凸起，发出一阵连声的咔啦声响。整趟旅行虽然都安排的最高规格待遇，以舒适安全为第一考量，但是长时间搭乘各种交通工具，肌肉多少还是有些发酸。

不过，身旁的小女人似乎没有半点不舒服。

她出奇地乐观，水汪汪的大眼紧盯冰湖，直到看得倦腻后，就静悄悄地滑进大衣里，径自睡得又香又甜。

有那么一瞬间，他实在舍不得唤醒她。

粉嫩的小脸，依偎在黑色貂毛帽子上，更显得白皙；长发比貂毛更柔顺，润润的红唇是强大的诱惑。那熟睡中的模样，简直像是童话故事里等待被王子的亲吻唤醒的公主。

他大可以趁这个机会品尝她的红唇，将睡美人从梦中吻醒。

但是，他深知自己没有这个资格。

他只是个绑匪，不是穿着闪亮盔甲的王子。

宽厚的大掌探出，触及她的肩膀，轻轻地摇晃，不敢有半分的粗鲁。

“丁小姐，我们的目的地到了。”

醇厚好听的男中音在耳畔响起，加上肩上的晃动，丁湘悦从睡梦中醒来，惺忪的双眼眨了眨，因为眼前那张俊脸，嘴角甜甜地弯起。

“我睡了很久吗？”她问，慵懒地伸了个懒腰。

“大概两个小时。”他回答，没有透露这段时间里，他的视线几乎离不开她的睡靥。“我们的目的地到了。”他耐心地重复。

茫然的双眸亮了起来，小脑袋先往自个儿的窗边看，瞥见无垠的蓝冰后，才火速地转过来，娇软的身子挤过他身旁，几乎是半趴在他身上，脸贴紧玻璃窗。

“哇，总算到了。”她好奇地张望，软若无骨的身子，在他身躯上无心地左挪右移，试图看到更多车窗外的景致。

从她趴卧过来的那一秒开始，杨仁国的呼吸就瞬间中断，健壮身躯的每束肌肉都僵硬得像是石头——

更尴尬的是，某些部位，随着她的贴近与轻蹭，变得格外硬烫，甚至到痛楚的程度。

这一定是惩罚。

是老天为了惩罚他绑架她的恶行，才赐予他这个不知该陷溺还是该逃离的甜蜜地狱。

为了避免情况失控，他终于找回声音，哑着嗓子开口：“我们应该下车了。”

倘若她继续趴卧在他身上，他大概很快就会因烈火焚身而死。

俏脸微偏，给了他甜甜一笑，并没有回到原位坐好，让他打开车门，而是自行打开车门，滑过他这个庞大的障碍物，爬出车厢站好后，愉快地呼吸冷冽的新鲜空气。

杨仁国紧握双拳，几乎咬断牙根，才没有呻吟出声。

身为始作俑者的丁湘悦，还转过头来关怀地询问：“怎么啦？你为什么不下车？”小脸上满是诚挚的无辜。“你不舒服吗？是不是晕车？”

他僵硬地点了点头。

对，他是不舒服。

但是，那跟晕车一点关系都没有。

“下车走走会舒服一点。来，握住我的手，慢慢地下车。”她慷慨地伸出手来，娇美的笑容即使是最铁石心肠的人也难以拒绝，更何况是他？

大手探出，被小手牢牢握住，任由她牵握着，直到他双脚踏到地面。幸好，她的视线专注在他脸上，没有发现他腿间的尴尬。

“身为绑匪还会晕车，这不会影响你的工作吗？”她扶着他行走，像是优雅的美女领着庞大的野兽习惯新的舞步。

“这是第一次。”他坦承地说，随便编了个理由，“大概是因为饿了。”

她倏地停住脚步，双眼圆睁。

“我立刻去找食物给你。”小手牵着大手，直直往城堡大门走去，一心一意只想喂饱身后的大男人。

去找食物给他？

看着眼前这可爱的小女人，他有些微愣，明知该抽回手的，却只能任由她牵握着往前走。

巨大的城堡，用岩石隔绝外面的寒冷，墙壁上覆盖着织锦，一盏又一盏华丽的水晶灯，照亮织锦上的图案，仿佛重述了古老的故事。门厅里的家具，虽然样式古旧，但是都经过细心保养，当年工匠用心描绘的金漆，仍然闪烁着辉煌的光芒。

越是往里头走去，就越是暖和，甚至比她台北的工作室更温暖。

长廊旁站立着几个轮廓分明、面目深邃的外国人——不对，她暗自提醒自己，在这里她才是外国人——见到他们时就恭敬地弯腰行礼，无声地引导他们前进，直到两扇有着黄铜神兽门把的双开大门前才停住。

大门推开后，是一个宽阔的大厅，天光从彩绘玻璃上洒落，映得满地缤纷。

一个金发蓝眼、高眉挺鼻的中年女人坐在大厅中央桃花心木制作的华丽椅子上，慢条斯理地抽着雪茄，锐利的蓝眸透过渺渺烟雾，近乎严厉地审视丁湘悦。椅子旁有个用红色绒布覆盖的独脚柜。

“有食物吗？”她劈头就问，没忘了改用俄罗斯语。

蓝眸上的浓眉微挑。

“你还记得我们的语言？”

“几年前在莫斯科的时候，我苦练过一阵子。语言这种东西跟骑脚踏车一样，学会了就不会忘记。”她面带微笑说道。

如湖面般深蓝的双眸里，沁入少许笑意以及赞许。

仆人从阴影处走出来，搬出一张相同样式的椅子，放在女人身旁，从头到尾都没有发出一丁点声音，放置好座椅后就无声地离开。

女人挥了挥手，示意她上前。

她还握着身后男人的手，关怀备至地仰头先确认：“你觉得还好吗？要是我放开手，你会不会昏倒？”

身为一个健壮的男人，被娇小的她细细呵护，担心一松手就会像戏剧里病弱的女主角般昏倒，是他有记忆以来的首次体验。

他刚强得足以应付一支军队，而她却担忧他会不会因失去搀扶而昏倒。更奇妙的是，被如此小看，他非但不觉得愤怒，反而心中泛出阵阵暖意。

“我没事。”

她还要确认：“真的？”

他点了点头。

小手这才松开，她一步步走到大厅中，在等待她的椅子上坐好。

“所以，你知道自己身在何处？”女人再度开口，雪茄燃出的烟雾，淡淡地笼罩着那张脸，显得双眼更蓝。

“我只知道这里位于贝加尔湖旁。”她伸手指了指窗外。在冬季结冻的蓝色湖面，是世界上最大的淡水湖泊，贝加尔湖的特殊美景。“不过，我大概猜得出你是谁。”

女人粗糙的手把玩着雪茄，神色冷峻地一笑。

“说来听听。”

“你是罗曼诺夫王族后裔的旁支之一。”她偏着小脑袋，坦然说出猜想，“你的五官有末代沙皇尼古拉二世的家族特征。”

全身上下充满傲气的女人，略略点了点头，已经是难得的嘉许。直到这个时候，她才纡尊降贵地自我介绍。

“没错，我是凯萨琳·罗曼诺夫。”夹着雪茄的手再度挥了挥，示意周遭的一切，“这里现在称为布理雅特共和国，但是对我来说，不论名称是什么，这片土地都属于伟大祖国的一部分。”

丁湘悦也熟悉这一段历史。

罗曼诺夫曾是俄罗斯历史上最强盛的王朝，却在第一次世界大战后举国动荡，末代沙皇跟家族成员，更在一九一八年被枪决。她看过无数次的电影《真假公主》，讲述的就是相关的故事。

后来，苏联又在一九九一年解体，成为现在的俄罗斯联邦。

“那么，我可以请问你，千里迢迢让人把我绑架到这里，是为了什么吗？”她直接切入正题。

女人没有直接回答，反倒提出要求：“我能看看你的手吗？”

她用行动代替回答，缓慢地脱掉小羊皮手套，伸出双手。那是一双洁白细腻、指尖泛着粉红色光泽的手，指甲修剪平整，并不像许多年轻女子般蓄着长长的指甲，或是做各种指甲彩绘。

女人低下头来，用鉴定无价珍宝的眼光，审视着这双手。

“这就是人们传说中，被神祝福的双手。”蓝色的眸子，回到清丽的小脸上，“当我知道，克里姆林宫曾邀请一个东方女人，修复皇家黄金绣画时，简直不敢相信自己的耳朵。更令我讶异的是你竟然如此年轻，简直像是个少女。”

“东方人看起来比较年轻。”丁湘悦耸耸肩，早已习惯了外国人对她容貌的赞叹。

始终沉默站在一旁的杨仁国，看着两个女人相互对答。

身为贵族的凯萨琳，一举一动、一言一行都散发着与生俱来的傲气，凌厉的目光甚至能让男人退避三舍。但是，丁湘悦却毫不畏惧，红唇弯弯，应对自如。

更有甚者，是她身上有种掩藏不住的特质，让她看似随性的言行，也丝毫不逊于王族后裔。

“请原谅我用这种特殊方式请你来到这里，我并没有恶意。”凯萨琳说着，语气里却没有一丝歉意。她此生向人致歉的次数屈指可数。

“我想也是。”她伸手指了指身后，站得像军人般笔挺的他，不忘嫣然一笑。“他不像是会替坏人做事的人。”

这次，凯萨琳真的露出笑容。她捻熄雪茄，粗糙的手挪向一旁，扯下红色绒布，露出玻璃柜里保存的物件。

那一瞬间，丁湘悦陡然跳起来，双眼睁得又圆又亮，嫩嫩的小嘴微张，像忘了呼吸一般在玻璃柜旁绕行，赞叹不已地望着里头。

一顶在细腻黄金绣画间镶嵌着宝石与珍珠的皇冠，就安置在玻璃柜里。

“这是我在拍卖会上买回的祖国珍宝，它曾隶属于彼得大帝。”凯萨琳说道，神色充满骄傲。在她心中，不论时代如何改变，她身为王族后裔这一点永远不变。

曾经贫困的俄罗斯，靠着石油与天然气再度富有，纷纷在拍卖会上用高价买回流落异国的珍宝。

凯萨琳的声音，像是从很远的地方传来。

“可惜的是，它已经有所破损，我希望由你来修复。”

水亮的双眸还盯着皇冠，丝毫舍不得离开。

“哦，拜托，请务必让我来做这个工作。”从看见破损状况起，她已经在脑子里构思，该从哪里下手修复这顶历史久远的皇冠。

“很好，那么从今天起，这个男人就是你的私人保镖。”凯萨琳满意地点点头，“你还需要其他任何协助吗？”

“我需要一个采光良好、干燥且干净的房间。另外，我还需要一组绣画修复针，就是我放在台北工作室的那组。”

“没问题。”凯萨琳答应得很轻松，仿佛派人去取得绣画修复针，只是到隔壁房间拿个东西般轻而易举。

“我还需要天然染色的丝线，以及黄金绣画特有的金线。丝线可以从我工作室里取得，但是我储存的金线可能不足，为了以防万一，最好再多采购一些。”她想了一想，脑中闪过几个名字，最后才选定其中一人，“土耳其还有金匠，能做出这种金线。”

“我会即刻派人去采购。”凯萨琳没有任何迟疑，只要能修复皇冠，再多代价都值得。“还有吗？”她问。

这次，丁湘悦终于转过头来，露出甜美的笑容宣布：

“我要吃秋白鲑。”

第二章 | Chapter 02

相较于莫斯科，这里的食物另有风味。

人们对俄国食物的刻板印象，大多是离不开用番茄或甜菜与牛肉共煮，滋味浓郁、颜色红通通的罗宋汤，再搭配味道微酸的黑面包。然而，因为地域辽阔，虽然使用的语言相同，但食物却各有不同，远在贝加尔湖畔的这儿，做面包使用的是一般酵母，吃起来没有酸味，更能吃出原本的麦香味。

大概是战斗民族，天生就不怕冷，连菜肴都离不开生冷、酸咸。

厨师考虑到她是个娇小的南国女子，体恤她冰天雪地吃不得生冷，更不敢怠慢主人的上宾，所以送上刚出炉的面包，放在干净的白布上，用原木盘子端上桌，当她撕下面包，蘸取酸奶油吃进嘴里时，还觉得有些烫口。

“很、很——”她说得模模糊糊，一边对杨仁国招手，等到好不容易咽下嘴里的面包，才能好好说话。“面包很好吃，你快过来坐下一起吃吧。”

他却站着不动，摇头拒绝。

“我是你的保镖。”

晶亮的水眸圆睁，闪过不解的困惑，小脑袋微微侧歪。

“所以呢？”

“按照规矩，我不可以跟你共餐。”

瞧着那张俊脸严肃得很，她知道他是认真的。但是，这一路以来，相较于她的随遇而安，亲爱的绑匪先生——哦，不，现在是保镖了——总是保持警惕，肯定比她更疲累。

俗话说：人是铁，饭是钢。眼前虽然没有米饭，但是烤得香喷喷的面包，肯定也能胜任填饱肚子的重责大任。

为了能让铁汉就范，她拿起一个面包，抿着蘸了酸奶油的嫩红嘴角，义正词严地说道：“你不跟我用餐的话，怎么能知道食物安全无虞？你该要替我试毒，每道菜都由你先品尝。”

他拧着双眉，困扰地看着她一口又一口咀嚼着食物，故作无辜地咽下，担忧与怀疑在他心中萌芽，张牙舞爪地生长。

这远比严刑拷打更难忍受。

片刻之后，在面包尚未冷却的时候，高大的身影终于踱步来到桌边，拿起一个面包慢条斯理地吃着。

“好吃吗？”看着面包消失，她才问道。

“我没注意。”他根本食不知味。

“肯定是因为，你没有坐下来好好品尝。”丁湘悦毫不气馁，双手一拍，像变魔术似的，仆人就搬来了椅子。“来，坐下吧，我保证凯萨琳不会介意。”这是事实，凯萨琳会愿意满足她的所有要求。

她的软硬兼施，再加上那双眸子里的期待，让任何被注视的人，都会觉得拒绝她是种弥天大罪。他不得已只能让步，坐进椅子里。

“来，蘸这个吃。”她伸长手，递来蘸了酸奶油的面包，只差没有热心地喂进他嘴里。“好吃吧？”她再问。

他点了点头，不是担心她会继续逼问，而是真心觉得可口，小麦的香气随着每一次咀嚼，在口中扩散。

计谋得逞的她，软嫩的红唇弯弯，笑得比花蜜更甜，欣喜他终于愿意一起进餐，况且一个人吃饭闷得很，美食就需要有人分享，独自用餐无论再珍稀的佳肴，吃进嘴里总觉得索然无味。

再上桌的是色泽红艳的罗宋汤，仆人安静而细心，这次不但她有份儿，连他面前也摆了一碗。汤里软嫩的牛肉，用汤匙就可以轻易分开。

她吃得津津有味，惊喜地宣布：“这比我在莫斯科吃过的好吃。”

“是牛肉的关系。”他品尝过后，稍稍挑起浓眉。“这碗汤里用的是中国台湾的黄牛肉。”生长在台湾的黄牛，适应不了这里的冰天雪地，肯定是凯萨琳为了娇客，不惜成本地冷冻进口，只为讨好她的味蕾。

“你分辨得出来？”她讶异地眨眨眼睛。

“烤肉聚会的时候，我总是负责买肉。”

“是跟家人一起烤肉吗？”她问。

“没错。”

话刚出口，他略微一怔，握着汤匙的手微紧，才发觉向来被磨炼得几近本能的防备心理，不知怎么的，竟然在她面前溃然失守，这是他从事这一行以来首度破例在工作中提及家人。

水润的双眸，流露出浓浓的羡慕。

“真好。”她喃喃说着，娇小的身躯往前靠，直到紧贴桌沿。“你家都会烤些什么？”

他不应该再提及私事，但看着她那双钦羡的黑眸，他发现自己不想让她失望，不由得开口。

“很多的肉，跟一些当季蔬菜。”当然，蔬菜只是点缀。

“整个家族一起烤？像是电视里那样，有好几百人，以及长长的烤肉架，上面堆满食物？”对她来说，那么热闹欢乐的场景，仅仅出现在电视荧幕上，从来不曾出现在她的生活中。

“不，那是广告。”她的想象，教他嘴角略勾，泄露些许笑意，“家里的烤肉聚会，就是我父母跟兄弟，还有妹妹一家人，大家轮流烤肉，边烤边吃——”话语停顿，他陡然醒悟过来。

对普通人来说，再寻常不过的事情，竟是她不曾体验过的？否则她怎会满脸羡慕地问了又问？

看出他的诧异，她有些羞赧地笑了笑，坦白承认。

“我没有参加过烤肉聚会。”她举起一只手，无奈地耸肩。“从小，我就被嘱咐要保护双手，远离各种危险，当然包括接近火源。”

拥有一双被神祝福的双手，代表她不同于寻常众生，能拥有众多非比寻常的经历，但也失去了某些自由。

在接下这件案子前，他仔细看过她的档案，内容教人啧啧称奇。

全世界具备修复繁复古老织绣品能力的人，仅仅只有五位，丁湘悦就是其中之一，而且还是年纪最轻的。

她不仅天赋过人，而且从幼年开始就与针线为伍，加上众多名家倾囊相授，让她在豆蔻年华，就已经声名远播，让骄傲的俄国人邀请她进入克里姆林宫，修复年代久远的刺绣画。

她用失传的古老绣法，将几幅重要刺绣画修复得几近完美，俄国人对她赞誉有加，更教她声名看涨，各国皇室的邀请从此络绎不绝。绝大部分的邀请都是公开的，只有极为少数，例如凯萨琳这类，不想等候、急于插队的，才会采取“另类”手段。

“嘿！”瞧他脸色略沉，她伸手在他眼前挥了挥，小脸再度恢复笑容，“别这样，其实也没什么，我还是吃得到烤肉啊，厨师都会烤给我吃的，只是从来没有机会参与烤肉，觉得有一点点遗憾而已。”

交谈之间，主菜终于上桌，香喷喷的秋白鲑摆放在瓷盘里，用刀叉切开时热腾腾地冒着气，肥美细致的鱼肉只用盐调味，滋味好极了。

“这应该是用烤炉烤的。”她咀嚼着鱼肉，忍不住猜测。“烤肉聚会时，也会烤鱼吗？”

一股突如其来的冲动，让他想也不想地脱口而出。

“下次，请你来参加我家的烤肉聚会。”

刀叉停顿，她愣了一愣，才问道：“真的？”

也许他不应该邀请她，这真的太唐突了，他不知道自己是怎么回事，可当他看着她的小脸时，却没有收回那邀请，只开口点头。

“真的。”

水汪汪的双眸下垂，看不出神色，就在他以为自己逾越了分际，错认了她眼里的期待，而她方才的兴奋之情，只是客套话时，眼前的小女人，才很小声很小声地说：

“谢谢你的邀请，我很乐意参加。”她的声音压得更低，细若蚊蚋。“但是，可不可以先请你帮我一个忙？”

“请说。”

小脸抬起，满是恳求。

“帮我吃掉。”她低语。

“什么？”他一呆。

“嘘，小声一点！”她连忙说，一边把装着满满鱼子酱的玻璃杯推到他面前。“帮我吃掉，快！”

很显然，厨师虽然用了台湾黄牛，但是也端上俄罗斯引以为傲的珍馐，最顶级的鱼子酱，又称海中黑钻，看来晶莹剔透，任何配菜都会破坏纤细的滋味，连餐具都有讲究，不能用铁器，而是精致的贝壳汤匙。

“你不喜欢鱼子酱？”他问。

她扮了个可爱的鬼脸。

“在莫斯科时吃得太多了。”再美味的食物，一再重复地吃，不要说吃得腻了，即使离开莫斯科后多年，她仍会梦见被鱼子酱淹没。

他提出建议：“你可以不吃。”

“但是，厨师会伤心。”她眨了眨眼，双手合掌在嘴边，出声恳求，“拜托。”

助人为快乐之本，更何况，还是帮助这让人捧在手里怕摔了、含在嘴里怕化了的甜美人儿。为了弥补强行将她带来这里的罪行，即使刀山火海，他都愿意为她慷慨赴义，何况是这么小的一件事。

不过是鱼子酱而已！

他从容地伸手，将玻璃杯中的鱼子酱，一口一口地咽下。鱼子酱特有的口感，在他口中迸开，滋味浓郁。

不忘她体恤厨师的善意，他自己那份当然也吃得精光。

玻璃杯被仆人收走后，她露出灿烂的微笑，让他几乎叹息出声。为了这个笑容，不论要他做什么都值得——

就在这时，仆人再度端上两杯满满的鱼子酱。

“拜托。”娇嫩的嗓音，又柔又软。

帮人帮到底，在保全业界里大名鼎鼎，让心有邪念的歹徒，听到“杨仁国”这三个字就不敢妄动的他，怎么会在食物之前退缩？

为了兑现承诺，他深吸一口气，再度拿起贝壳汤匙。

☆☆☆

经过一夜好眠，睡在丝绒帷幔大床里的丁湘悦，在又暖又厚的羽绒被下像猫咪似的尽情伸了个懒腰，这才睁开惺忪睡眼，坐起身来环顾四周。

陌生的房间、陌生的床铺，处处透露着欧式的奢华。

记忆在脑中涌现，她记起来了。

这里不是她在台北的工作室，而是遥远的贝加尔湖畔，她被绑架到这座城堡，答应身为沙皇后裔的凯萨琳，修复彼得大帝的皇冠。

白嫩的脚尖轻点地面，才一碰就冷得浑身瑟缩。她连忙低头，搜寻床铺下的室内鞋，把双脚伸进内里毛茸茸的鞋子里，这才懒洋洋地下床。

窗外，天色早已大亮。

按照她的生理时钟推测，现在大概是早晨八点。

不同于台湾，在这里，这个季节夜晚九点太阳才会隐没，日出时间则是早上五点多。昨晚，因为长程移动的关系，她很早就睡了，还睡得又沉又香，直到现在才下床，城堡里的人肯定早就醒了。

她穿妥睡袍，扯了扯床边的拉绳，过一会儿房门外就响起轻敲，几个仆人走进房里，端来丰盛的早餐，以及保暖衣物。

衣裳很合身，剪裁利落，是她喜欢的风格。

早餐的主食仍旧是面包，搭配新鲜的蓝莓。蓝莓是她从小就被嘱咐，每天必吃的水果，因为食用蓝莓对眼睛有益，而修复刺绣靠的不只是双手，维护视力良好也极为重要。

慢条斯理地吃完早餐后，她戴上小羊皮手套，离开舒适的卧房，沿着石砖楼梯往下走去。

果不其然，城堡里的仆人们早已井然有序，各司其职地忙碌，仅剩她一个人无所事事，在厅室间走动。其中，一楼有个房间，已经被清理得一尘不染，预备作为修复皇冠时的工作室。

轻盈的脚步，来到昨晚跟凯萨琳见面的大厅时，才陡然止步。

看见那逐渐熟悉的身影，丁湘悦双眼一亮，双脚像是被黏住似的，再也不肯动弹，就这么站在门口，视线追着那男人的一举一动。

大厅里的杨仁国，身旁有几个身形高大的俄国人，他正跟其中一个过招，互相攻防，撞击的声音回荡在大厅中。

双方都很谨慎，只是相互切磋。

在一群金发蓝眸的俄罗斯猛男中，杨仁国利落灵敏的动作，拿捏得恰到好处的力道，每次攻击都是点到为止，反观逐一跟他对招的俄罗斯人，额上都冒出点点汗珠。

仅仅是看着他，丁湘悦就觉得心中甜甜的，红嫩的嘴角不由自主地弯起。

砰！

俄罗斯猛男一个回旋踢，被他轻易挡下，左臂一抬，身体已经切入对方空隙，手掌贴上那人颈畔，轻触后就分开。

换作实战，对方肯定已经倒地不起。

天啊，他真的好帅啊！

她轻轻叹息，觉得心中那头从来都安安静静的小鹿，开始变得不安分，蠢蠢欲动起来，让她心跳加速。

没错，他的确长得好看，但是好看的男人她看得多了，真正让她心神荡漾的，是他昨晚的行为。

在她的恳求下，他毫无怨言地吃下鱼子酱，而且还是整整十二份！

是十二份哪！

最后，是厨师出来道歉，泪眼汪汪地自责，表示鱼子酱的存量不足，已经全部被吃光，怠慢了贵客，有损主人的颜面，要不是她努力安慰，愧疚的厨师恐怕就要当场去跳湖，摔在厚厚的冰层上自尽。

就因为如此，杨仁国成为她心目中的堂堂英雄。

她深深相信，要是鱼子酱的存量充足，厨房只要继续端上桌，他仍旧会持续吃下去。虽然，吃到第十碗的时候，他已经脸色发青，但是仍旧再接再厉，没有放弃。

这行为绝对称不上浪漫，但却让她心头软甜。

大厅里的对练持续进行，她的视线只追着那挺拔的身影，看着他精壮的肌肉，随着每次攻击，在衣裳下起伏，动作流畅得像是天生的狩猎者，每一招都精准无误。

终于，在一次化险为夷后，他眨眼间扣住对方臂膀时，她忍不住出声赞叹。

“好厉害！”

话音刚从嫩嫩的唇喊出，另一种声音随即响起。

咔啦！

被制住的俄罗斯猛男，露出不可思议的表情。

他的手臂脱臼了！

黑眸朝门口看去，瞧见一脸笑靥的丁湘悦，浓眉微微拧起。“抱歉。”他尴尬地对倒霉的俄罗斯人道歉，双手力道一带，就将脱臼的手臂推回原位。

另一个俄罗斯人上场，对练再度展开。

只是，这次却有些不对劲。

才几招过去，看得兴起的她再度出声。“小心！”

伴随而来的，又是一声——

咔啦！

除了杨仁国之外，俄罗斯猛男们都看向她，眼神里带着警戒。其中一个举起食指，放到嘴边，做了个国际共通的手势，要求她保持安静。

但是，尽管她忍着不出声，脱臼人数还是持续增加。

咔啦！

又一个。

咔啦！

再一个。

咔啦咔啦！

这次，那人两手都脱臼了。

在所有的俄罗斯猛男，全都重复脱臼又被接上的过程中，杨仁国终于深吸一口气，转身朝门口走来，笔直地走到她面前，黑眸里酝着懊恼。

清丽的小脸堆满崇拜，双眼还闪闪发亮。

“你让人脱臼的动作好熟练！”她太佩服了，那一声又一声的咔啦声不但响亮，还极富有节奏，她都能跟着跳舞了。

俊脸有些扭曲，僵硬地吐出四个字。

“我失手了。”

哎呀，他好谦虚啊！

因为这罕有的美德，她心中的好感度，再度噌噌噌地上扬。

“这一定是你的拿手招数，对吧？”

“不是。”

“但是，我看到你一直——”

“那些都是意外。”

看他脸色凝重，实在不像谦虚的模样，她这时才发觉，似乎是真的误会了他。如果每次脱臼，都是他失手，那么又是什么原因造成的呢？明明刚开始时，他还进退自如、游刃有余——

还没想出原因，大手已经探来，将困惑不已的她转过身，往门外推去。当她诧异地转头时，大门已经关上，赏她吃了好大一碗闭门羹。

莫名地被拒于门外，她不肯善罢甘休，举手朝厚重的木门敲了敲，等着大门开启。这么一等，两分钟过去了。

没反应。

难道，敲门声太小，他没有听见？

她很有耐心，再度敲敲门，这次力道大了一些。

又是两分钟过去了。

还是没反应。

大门持续紧闭，就算她竖起耳朵，贴在门上听，也听不到任何动静，更别说是来替她开门的脚步声。

正当她思索着，该不该继续敲门时，大门竟然开启，站在门边的杨仁国脸色凝重，似乎是关上门后，就站在原处没有离开，早已猜出她不会轻易放弃。

"你不能进来。"他沉着脸说。

"为什么？"她难得遭受拒绝，非要追根究底。"你不欢迎我？我只是站在这里看，不会打扰你们的。”

杨仁国没有回答，倒是大厅里那些俄罗斯猛男们，每个都扶着被接好的手臂，一起摇头，坚定地拒绝她入内参观。

不知原因的她，仰起清丽的脸，视线回到他脸上，委屈又困惑，全然不明白自个儿为什么如此不受欢迎。

他嘴角微抽，在她可怜兮兮的注视下，终于咬牙开口，说出答案。

“你会影响我。”说完，大门再度关上。

再度被拒于门外的丁湘悦，呆愣了好一会儿。这次，她没有再去敲门，也没有出声抗议，只觉一张小脸，慢慢热红起来，一股羞窘混杂着甜热，从心口扩散到全身，让她浑身上下都软绵绵的，嘴角的笑甜得仿佛要沁出蜜来。

他说，她会影响他呢！

这句话回荡在心中，越想越甜蜜。

原来，那些接连的脱臼，真的是意外，并不是他太过自谦的拿手绝技。看似处变不惊的他，竟因为她的出现而接连失误。

这代表着，他很在乎她吧？

昨日他突如其来的烤肉邀约，她真的吓了一跳，因为身份特殊，她从小就被长辈们保护得好好的，就连学校都没去上过，当然也没有所谓的同学和同龄的朋友，说真的，这还是她第一次被人邀请参加家庭聚会呢！

听到他脱口邀约的那个当下，丁湘悦真的是愣了一下，心头既兴奋又激动，又怕自己太兴奋会让他觉得她很怪，好不容易才将那情绪压了下来。

她知道那邀约是脱口而出的，原以为他只是客套，说说而已。

没想到，原来他……真的喜欢她啊？

湘悦压着小脸，只觉得双颊发烫，心中仿佛有粉红色的泡泡，毕毕剥剥地涌出。这种滋味，远比她看见失传已久的绣法更陶醉，而且更加珍贵无比。

他的在乎，不仅仅是保镖对被保护者的在乎吧？如果只是那样，就无法说明，他一连串的失手，对吧？是这样吧？

粉红色泡泡里翻滚出猜测，她很想问他，又觉得他未必会回答，再说，要是他的回答并不是像她所猜测的那样，那心中的这份甜蜜、这份珍贵就会烟消云散——

在她忙着猜想的时候，大门再度开启。

“我没有敲门。”她连忙举起双手，认真地保证。真的，这次她很乖。

黑眸望着她，有些不情愿地回答。

“我知道。”

“那么，是你们对练结束了？”她好奇地问。

他摇摇头。

“是你的台北工作室的东西送到了。”因此，对练不得不中断。

“这么快？我还以为需要更多时间。”她有些讶异，对这么高的效率感到钦佩不已。“东西到哪里了，机场吗？我跟你一起去，检查看看是否遗漏了些什么。”

“不用去机场。”他的语调很平静，“东西已经运到城堡门口了。”

第三章 | Chapter 03

城堡的大门敞开，一辆联结车停在门外，车顶铺着一层薄薄积雪，车厢后门已经打开，露出里头复杂得堪比太空梭的科技设备。

外头飘着漫天细雪，从机场到城堡这一路肯定能见度不佳，恶劣的气候仍不足以阻止或延迟她所需要的工具在最短的时间内到达，显示这个团队的效率之高令人咋舌。

运送工具的团队，逐一离开岗位下车，全都是黑发黑眸的东方人。

率先走进城堡的男人，戴着雪地护目镜，下巴则蓄着短须，身穿颜色鲜亮的滑雪装；第二个男人穿着长长的真皮风衣，耳边戴着蓝牙耳机；第三个男人则穿着合身的西装。三个人都体形高大，装扮虽然不同，但都穿着同款的军靴。

最后一个走进来的，却是个娇滴滴的美人。

更教人讶异的是，她穿的不是军靴，而是镶着水钻的华丽高跟鞋！

“嘿，三哥！”美人露出微笑，贴身的毛衣跟皮短裙，加上斜背的小牛皮圆桶包，宛如时尚杂志的模特儿。“这趟飞得超级舒服，哪天我们家也该买一架私人飞机。”她满脸向往。

留着短须的男人哼了一声，拿下护目镜，露出一双与杨仁国极为相似的黑眸。“不要做白日梦了。”他冷淡的语气，等同泼下一桶冷水。

“人家只是说说嘛！”美人娇嗔地跺脚，连懊恼的模样也是好看的。

“乖，小妹，别怪大哥，他有时差问题，加上连续三次猜拳都输，当了一路司机，难免心情欠佳。”穿着真皮长大衣的男人，伸手揉了揉妹妹的头发，这举动看似是怜爱，其实是故意弄乱那精心整理过的发型。

“啊，住手住手！”美人花容失色，连忙闪躲。

“是你的兄弟姊妹。”丁湘悦讶异地轻呼，一眼就认出，那些与杨仁国相似的轮廓。这一家子的基因优良，专出俊男美女。

兄妹们忙于斗嘴，至于穿西装的那位，聪明地选择避开战火，笔直走上前来，咧嘴露出爽朗的笑容，一口牙白得耀眼。

“幸亏我们几个都闲着，没接别的工作，不然要走这一趟还真难办。”他伸出左手的大拇指，往身后的车厢做了个手势。“丁小姐所需要的工具，都顺利运到了。”

耀眼笑容魅力无限，尤其那张俊脸，又跟杨仁国那么相似。

“谢谢你。”她衷心道谢。

“不用客气，”他一边说着，不忘俏皮地眨了个眼。

砰！

一拳挥来，灿烂的笑容瞬间扭曲。

高大的男人被揍得痛吼出声，捂着下巴频频跳脚。

“够了，你这个已婚人士，抛什么媚眼，小心我跟依依告状！”美人就连揍人都姿态曼妙，但从发出的声响，跟造成的效果看来，那一拳力道肯定惊人。

震惊得张着嘴的湘悦，还来不及有任何反应，一阵坚定却温和的力量，已经拉着她娇小的身子往后退，瞬间跌入宽阔又温暖的男性胸怀。

她呼了一口气，吹开散落在眼前的发丝，双眼往上望去，看见他紧绷着下巴、双眸深沉的恼怒模样。

“你吓到她了。”

“啊，真抱歉！让丁小姐见笑了，我们兄妹时常这样打打闹闹的。”美人伸出刚才痛揍兄长的小手，友善地嫣然一笑。

"你好，我是杨娃娃。"

"你好——"

她的手才伸出一半，就被他拉回来，像在保护只属于他的珍宝，吝啬得不肯让人触碰。

"我必须保护丁小姐，不让她受到半点伤害。"面对妹妹挑眉的无声猜疑，他搬出冠冕堂皇的理由。

其实，湘悦很想告诉他，这另类的兄妹相处，只是让她感到讶异，并没有受到半点惊吓，而他斤斤计较的态度，实在有一点点的保护过度，一言一行都充满男性的占有欲。

话语滚到舌尖，却因为他温暖的胸膛，悄悄又咽了回去。

"但是，有件东西我必须亲手交给她。"娃娃一脸兴味盎然，没有点破哥哥对客户的"增值"服务太不寻常。她打开随身的斜背小牛皮圆桶包，露出金属内盖。

原来，看似时尚的斜背圆桶包，其实是个小型的保险箱，可以随身携带。保险箱内部以坚固的碳化金属制成，内盖上附有精密的密码锁。

解开密码锁后，娃娃小心翼翼地拿出这趟旅程中始终妥善携带的针盒。

湘悦低呼一声，匆匆迎上去，接过针盒后，立刻展开来仔细察看。

针盒是长方形金丝楠木，折叠为六组，以蓝色丝绸为底，衬着一根根粗细不同，银光闪闪的修复针。这两百零三根修复针，每一根都是她亲自挑选，甚至开发设计的，是修复刺绣不可或缺的工具。

丁湘悦脱下手套，指尖爱怜地抚过每根针，丝毫不怕被刺伤。

“至于其他东西都在车上，数量不少，还需要丁小姐亲自验收，确认是不是全部到齐，或者是还有什么缺漏。”杨娃娃娇脆的嗓音说得客气，但语气里可是自信满满。

杨家保全在业界素来声名卓越，何况这次的任务，举家精锐尽出，不论是保护人还是保护器具，都是兢兢业业，不敢有丝毫马虎。

“我这就过去。”她收起针盒，紧抱在怀里不放，点了点头，朝车走去。

只是，走了几步，她才察觉杨仁国没有跟上来。少了他的陪伴，寒风突然变得冷冽，温度像是一下子低了四五度。

她暂停脚步，逗留在原地，不自觉地转过头，望着那站定不动的挺拔身影，恰巧对上他的视线。知道他即使没有陪伴在侧，但仍旧关注她的一举一动，心里不禁又羞又喜，露出藏不住的甜笑。

直到方才那些亲身体验脱臼之痛的俄罗斯护卫队员叫唤不知多少声了，她才红着脸转身，努力恢复镇定，轻声下达指令。

“解除温控。”

电脑仪器的灯号，无声从红变绿，八个大型箱子同时开启。

一件又一件工具，从箱子中被谨慎地拿出，经她确认没有损伤后，再送入已经清扫好的房间，依照她的习惯放置，务求修复工作能顺利进行。

纵使忙碌于指挥，但是她还是竖直耳朵，听着杨家兄妹的对话，甚至忘情地越来越后退、越来越靠近杨仁国，导致整个运送线也跟着扭曲，从最短的直线距离，变成“U”字形。

她自己浑然不觉，而搬运工具的护卫队员，不知是基于贴心，还是不想再尝到脱臼的痛楚，始终保持沉默。

沾着湿雪的鞋印，随着每次后退，在石头磨平的地板上，留下一道道痕迹。

“一切都顺利吧？”

娇脆的嗓音问着，湘悦辨认出是杨娃娃在询问。

“都在掌握之中。”那个她逐渐熟悉的低沉嗓音，每吐出一个字，就让她回想到，先前贴在他胸膛上时，感受到的温度与气味。仍残留在感官中的刺激，令她莫名轻颤。

某种从未被触及的本能，悄悄被唤醒，每当她听见他的声音、感受到他的呼吸、体温，以及他存在的一切，她的知觉就如被春天暖风吹拂的花蕾，绽放出鲜艳的花朵。

“回答我的时候，麻烦视线请对着我。”娇脆的嗓音，有着明显的笑意，肯定是红唇弯弯。

“好。”

这次是娇嗔了。“好什么好，你根本没在看我！”

“够了，把头转回来。”说话的，是冷淡的短须男人。

穿真皮大衣的男人加入谈话。

“不用紧盯着她，她不会突然消失的。”

真的吗？

他在一直紧盯她？

她不敢回头，心头却一阵暖甜。

“我倒是担心，她要是雪做的，肯定要被看得融化了。”说话的声音有些模糊，应该是被痛揍一拳的阳光笑容男。

“对，当她摸着修复针时，你的眼神比火还热，我都担心辛苦带来的修复针组，会被烧出洞。”

“你是怎么回事？”

“嘿嘿，看我的手！”

“杨仁国！”

她已经分不清，是谁在说话了。

“醒醒啊！”

“糟糕，这家伙宕机了！”

“等等，我来确认一下。”

砰!

拳头撞击肌肉与骨骼的声音响起。

接着，是一阵沉默。

湘悦忍着没有回头，心中却清楚地浮现，杨娃娃与其他三位兄长，一起围着杨仁国端详的模样。

“不行，他宕机了！”娇脆的嗓音宣布。

“我就知道！”有人低吼了一声，“收到罗曼诺夫给的资料时，他就研究得特别认真，甚至主动争取这次任务。”

“他对这类型的女人最没有抵抗力。”

“对啊，就像我们的国小五六年级的级任导师，娇小可爱得像童话中的公主。”叹息声响起，“那是他的初恋。”

关键字溜入耳中，她不由自主地停下动作，整组搬运人马也跟着停滞不动，每个人都像被下了咒语，同时变成雕像。

“还说呢，那时只要唐老师在场，他就会跌倒、口齿不清，对练时还会无法控制力道，弄得好几个学员手臂脱臼。”

“哦，我想起来了，那两年他的考试成绩一落千丈！”娃娃恍然大悟，水眸望向一旁已经后退到几乎要贴回三哥怀中的娇小身影。

她读过资料后，也对这位丁小姐好奇得很。

因为工作的关系，接触的名人多如繁星，有的礼貌谦和，有的冷淡疏远，有的则是嚣张跋扈、不可一世。根据经验，愈是集万千宠爱于一身的人，愈是不好相处，往往使任务变得棘手。

但是身为天之骄女的丁湘悦，本人却没有半点拒人于千里之外的傲气，反倒是甜美可人，站在高大壮硕的哥哥身旁，简直像小白兔般惹人怜爱。

“难怪，刚刚进来时，我就留意到那几个俄罗斯人都在揉着手臂。”谜题终于解开了。

兄妹四人相互看了看，身为大哥的杨忠国，伸手揉揉短刺的胡楂，再度低咒一声，才粗声宣布：

“执行任务的人选必须变更。”

听到这句，杨仁国迅速清醒过来，猛地转头，神情近乎狰狞。“不需要！”他狠狠拒绝，不愿意离开她的身边。

“你心里清楚，目前不是最佳状态吧？”杨忠国问得一针见血。

“这跟当年不一样！”

“对，不一样，”杨爱国的笑容敛去，“情况可能比当年更糟。”

“不会的。”

“你不能保证这一点！”

兄弟们凶狠地相互对峙，气氛紧绷，几个男人随时就要打起来。

胆子最大的娃娃，挤入兄长之间，双手各自放在两人胸膛上，逼得两个人分开。她就事论事，仰着小脑袋，娇声叫嚷：“冷静、冷静！”

“我很冷静。”杨忠国咬牙说道。

“你冷静的时候，不会紧握双拳，一副要吃人的表情。”她点出。

“你怎么知道，这不是我冷静时的表情？”

“因为我是你妹妹！”她翻了个白眼，转过头去。“还有，三哥，大哥说得对，为了确保任务顺利进行，这次行动必须换人——”

倏地，原本背对杨家兄妹，还自欺欺人保持偷听状态的丁湘悦，像是被猎枪射中的小鹿，蹦跳上杨仁国的背，双手从后面紧紧圈抱，激动得忘了紧抱在怀中的修复针组。

幸好，杨爱国眼明手快，蹲身接住修复针组，才没让金丝楠木的针盒跌落在石地上。

“不，不要换人！”湘悦不断摇头。她不能想象，陪伴在身旁的人，改换成他以外的任何面孔。就算是相似，也全然是陌生人了。

那个人不会在她面前脸红。

那个人不会为她吃下十二份鱼子酱。

那个人更不会将她拉靠在胸膛上，用呼吸暖着她耳畔的发丝。

总之，她坚决反对换人！

面对严峻的状况，杨娃娃头痛不已，勉强挤出微笑，努力想要说服“使用者”。“丁小姐，事关杨氏保全的声誉，所以……”话还没说完，就被打断。

“我喜欢他！”

这句话一出，所有人都愣住了，包括湘悦自己，但话都出口了，她当然要坚持到底，她满脸通红地说：“我我我我……我是说，我已经习惯他了，我不想再重新适应一个，我需要安定的环境，才能尽快进入工作状态。”

杨家兄妹们的视线不约而同地望向趴在杨仁国肩上，神情坚定、发出大胆宣言的小女人，明白她已经铁了心，绝对不接受临时“换货”。

双手同时负担两男一女，三个人体重总和的娃娃，纤细的手臂开始隐约感觉酸痛。不过，她更关心另一双手，丁湘悦那双重要到堪比世界遗产的手，正紧紧圈抱着三哥，这样的姿势极为可能让指关节或手腕受伤。

心惊肉跳的娃娃，没有别的选择，只能露出最和蔼可亲的笑容，先把对方哄得愿意松手再说。

“丁小姐请你别担心，杨氏保全的宗旨是服务至上，绝对尊重客人的意见，你既然说不换人，我们就绝对不换人。”山不转路转，任何事情都有解决之道。

“真的？”紧握的双手还没松开。

娃娃举手发誓，做出承诺。

“我保证。”

☆☆☆

杨家的人果然说到做到。

在丁湘悦的坚持之下，杨家兄妹们再度展开讨论，多了她这个外人在，男人们多少得收敛些脾气，至少不再剑拔弩张，耐着性子讨论许久，才做出新的结论——她的保镖从一位，变成两位。

杨仁国不用离开，身为大哥的杨忠国也要留下。

得出结论后，杨家兄妹放开胃口享用美食，吃掉堪比一个军队所消耗的食物来补充体力，娃娃还跑进厨房，比手画脚地教导厨师，尝试将肥美的秋白鲑，以清蒸的方式烹煮，只需用少许的盐做调味，滋味更鲜美。

风雪阻碍回程，他们也没闲着，把城堡内外的安保设施，反复地测试几次，调整到滴水不漏。

直到风雪平息，娃娃才嚷着想念丈夫跟女儿，跟两个哥哥搭乘着那辆送湘悦来城堡的酒红色劳斯莱斯，由熟悉路况的老司机驾驶，离开城堡往机场去了。

闹哄哄的气氛一下子冷却下来，湘悦竟觉得有些不习惯。

兄妹间的斗嘴，一句接着一句，你来我往比世界级网球赛还要精彩，她听得专心、看得入迷，觉得这样热闹的餐桌，比安静地进食更有趣。况且，虽然他们抢食物时很凶狠，却都会体贴地把最美味的部分保留给她。

从修复室的玻璃窗，看着劳斯莱斯离去，消失在雪白边际的尽头。湘悦深吸一口气，转过身来看着已经布置好的室内摆设，尽量忍着不去门口，窥看那一左一右，活像门神似的两个彪形大汉，确认他们看彼此的表情是不是仍阴沉得像不共戴天的仇人。

皇冠放置在玻璃柜中，她戴上手套，慢慢地调整呼吸，直到心思沉静，才掀开玻璃罩，用为观察古代织绣专门设计，倍数高达两百的显微镜，以平方公分为单位，仔细检查破损部分。

在修复刺绣中极为重要的一环，是研究当时的刺绣历史，根据同时期的织品状况，判断当年的技法与图案，才能着手修复。

在克里姆林宫时，她看过大量的黄金古绣画，不仅曾亲手修复这类拜占庭风格的织毯，更学习到上百种当时的技法。

这也是凯萨琳邀请她来修复皇冠的原因之一，旁人即使有她如被天神赐福一般的技术，却未必有她的经验，能对金光灿烂的拜占庭古老绣法如数家珍。

她专注地透过显微镜观看，另一手则握着笔，在纸上记录下破损处，以及邻近经纬线的丝线颜色。

时间在她抄抄写写时流逝，再回过神来时，窗外的天色已经昏暗。

她挪开仪器，把玻璃罩摆回原处，才张开双手，用力伸了一个懒腰，再慢吞吞地朝门口走去。之前她还有点担心，两个“门神”会打起来，但是一投入工作就什么都忘了。

小脑袋探出门，先看看左边，再看看右边。

两个男人同时低头，黑眸盯着她瞧，脸色都没有好看到哪里去。

“你们用过晚餐了吗？”她小心翼翼地问。

“没有。”男人们异口同声。

她微微瑟缩，小声地再问：“是因为我吗？”

男人们再度同时开口，答案却截然不同：

“是。”

“不是。”

相较于杨仁国贴心的谎言，杨忠国的服务项目中，显然不包含保护当事人的脆弱心灵，血淋淋地点出事实，在她心上堆积重重的罪恶感。

“对不起，”她连忙道歉，慢半拍地察觉，自个儿给人添了麻烦。“我工作时总是太专心，常常忘了时间。”

“我是没关系，”杨忠国双手环胸，睨了弟弟一眼。“但是，这家伙一直在碎碎念，担心你会饿昏头，烦得我耳朵都快长茧了。”

“你一直戴着耳机在听《格雷的五十道阴影》的有声书，根本没听见我在说什么。”杨仁国点出事实，不给哥哥留半点颜面。

“但我读得懂你的唇语，那很烦人，我又不能闭上眼睛。”杨忠国耸肩，伸手拍拍耳朵，毫不在意地说道，“再说，这是精进英文最好的方式。”

“你听的明明是中文版。”

“所以，我在练习同步翻译。”他哼了一声，故意拿下一边的耳机，递到那张清丽的小脸前。“你要不要听听看？”

嫩软的小手伸出，毫无心机地就要接下，却在指尖触及耳机的前一瞬间，被杨仁国抱离原地，放在身后“隔离”。

他的神情无比严肃，一字一顿地告诉她：“不可以。”

这反倒挑起她的好奇心。

“为什么不可以？”

杨忠国在一旁看好戏，故意也问：“是啊，为什么不可以？”

他看都不看大哥一眼，黑眸直视好奇心满点的可人儿，语气更坚定："那本有声书的内容不适合你听。至少，不适合你在工作期间听。"他敢肯定，那双粉雕玉琢的耳朵，要是被灌入这么"重口味"的内容，肯定会变得像浅海珊瑚般粉红。

"那么，我工作完成后就可以听了吗？"她眨着大眼问，清澄双眸纯真得像个天使。

他僵了一会儿，才点了点头："是的。"

纯洁的天使又问。

"到时候你会陪我一起听吗？"她诚挚地提出邀请，浑然不觉这个邀约有什么含意，只是纯粹地想要他陪伴。

他蓦地呛咳出声，还咳得整张黝黑俊脸都变得暗红。而一旁的手足兄弟非但袖手旁观，甚至还很没有人性地仰天大笑，担忧得湘悦连忙伸手，拍抚杨仁国的背部，好不容易才让他止住那阵狂咳。

"你还好吧？"她忧心忡忡地问。

"没事。"他的声音都咳得沙哑了，"我愿意。"他下定决心。

"愿意什么？"

"愿意陪你听——有声书——"

"哦，"她粲然一笑，"谢谢！"

他尽力挤出三个字："不客气。"

是她的错觉吗？还是他的脸真的变得更红了？

第四章 | Chapter 04

细致检视皇冠破损的程度，花费湘悦不少时间。

要修复古董绣品，真正穿针引线修补，是整个大工程最后期的事情。动针线之前，需要的是动笔。

随着她每日勤奋地记录，书桌上的笔记已经累积了厚厚一叠，秀丽工整的字迹，仔细写着皇冠何处破损，破损处状况如何，该用哪一根修复针、哪种颜色的绣线以及哪一种绣法。

以往，她一投入工作，就全神贯注，时常废寝忘食。但是这回不同，守在房间门外的两个大男人——尤其是杨仁国——坚持她必须作息正常，每到用餐时刻，就会坚定地敲门，直到她回过神来，乖乖走出修复室，到餐厅吃下厨师准备好的食物。

各式各样的美食持续供应，除了正餐之外，还有特色甜点，例如棉花糖中夹着核果的俄罗斯软糖，总让她百吃不厌。

杨家兄弟陪着她用餐，食量大得让她瞠目结舌，两个大男人饮食均衡，完全不挑食，良好的饮食习惯来自根深蒂固的家庭教育，两人健硕的体魄不仅仅是锻炼出来的，跟饮食也有很大的关系。

饭后她不会马上回修复室，而是到图书室里，翻阅跟皇冠有关的文献。凯萨琳显然早有准备，关于皇冠的资料，都收集得一应俱全。

文字叙述提及皇冠的制造年代，以及在哪个时代、哪个场合，由哪个君主佩戴。

相较于文字记录，图画更为珍贵。

愈是年代久远的图画，愈是脆弱，一张图她往往要研究数日，确认自己写下的修复笔记是否有误。

往常，她翻阅图书时，杨家两兄弟会守在图书室门口。但是今天她研究完一张图画时，发现预备拿来细看的图作，被摆放在书柜的最高处，就算她踮起脚尖，伸长了手也摸不着。

显然，这件事情该交给比她高大的人代劳。

湘悦走到门口，眉眼弯弯，粉嫩红唇不自觉地扬起弧度，从图书室的大门探出头来，彬彬有礼地说道：

“抱歉，我需要帮——”最后一个“忙”字，没能说出口，她娇丽的笑容，因为未能看到心中所思慕的那张脸，瞬间有些僵住。

本该是一左一右的门神，难得缺席一个，但却是她想要求援的那个。杨仁国竟然不在门口，回应她期待双眸的，则是杨忠国满是微笑的表情。

“太明显了。”他慢条斯理地说。

她愕然地眨眨眼，本能反问：“什么太明显了？”

“你看到我时失望的表情。”

被一针见血地点破，她没有羞怯让步，更执着地追问：“请问，仁国不在吗？”心里某处，像是被烙了印，认定了就不会更换。

杨忠国歪着头，没有回答她的问题，反倒大步前进，把她逼得步步后退，再度回到图书室里。他庞大的身躯，把她逼退到书架旁，薄唇咧成大大的笑，充分展现善意。

“我也可以帮你。”他大方地毛遂自荐。“说吧，有什么需要帮忙的，我任凭丁小姐差遣。”他难得如此主动！

失望还清楚地留在娇丽的小脸上，但既然有人热心地要帮忙，她要是当面拒绝就实在太不礼貌了，湘悦从小到大所受的教育，跟与生俱来的善良，让她勉强咽下叹息，转身指着书柜最高处。

“我需要那张图，劳烦你帮我拿下来。”

背后的男人伸长手，轻易触碰到书柜高处。

“这张？”他问。

“不是，左边那张。”

大手弹钢琴似的一滑，“这张？”

啊啊，不对，他错过太多张了！

她耐着性子，说明得更仔细：“右边数过来第十二张。”

大手再度滑过，逗留在书柜的最左边，完全罔顾指示。

“不是，我说的——”语音蓦地一停。她发现自个儿突然腾空了，书柜的顶端就在视线下，不论哪一幅画作，都可以轻易拿取。

湘悦低下头来，看着大手圈抱，轻而易举就将她举上肩头的男人。

“喏，你自己拿。”他大方地说。

哦，这倒也方便！她从善如流，小手探出，拿出其中一幅画作，谨慎地抱好，等待被小心翼翼地放回地面。

只是，等啊等、等啊等，彪形大汉却没有动作，她只能礼貌地出口提醒：“请放我下来。”

回应出乎意料。

“如果我不放呢？”他问。

嗯，这样一来，她就只能利用书梯下地，但是，书梯却远在图书室的另一端。扣除掉书梯这个选项，再就是攀着书柜，逐格往下踩踏，可惜书柜边缘可以踩的地方太窄，很可能会摔伤，而且她必须随时随地保护双手，所以——

“专心点。”

思考被打断，她双眸眨了眨，稍稍回过神来。

“嗯？嗯？怎么了？”

“我正在散发男性魅力，让你转而拜倒在我的牛仔裤下。”他浓眉紧皱，仿佛备受委屈。往昔，这招可是百试百灵，从未失手。

娇丽的小脸却满是疑问，为了表示礼貌，先是善意地认真感受，小脑袋歪歪一侧，仿佛正搜寻神秘频道的讯号，过了半晌之后，才又恢复正常姿势，真心诚意地道歉：“对不起，我感觉不到。”她的天线接收不良。

杨忠国的俊脸扭曲，先将肩上的娇贵人儿放下，才摇摇晃晃地退开几步，大手捂着胸口，一副心脏病发作的模样，震惊于所向披靡的绝招，居然首度遇到挫败。

“看来，不是每个黝黑高大的保镖，对你都有吸引力。而且，比起仁国那小子，我还多了神秘感。”他连连叹气。

“有吗？”她怎么一点都不觉得？

他大受打击，踉跄地又退了一步，开口想告诉这品位特殊、眼光太差，跟一般女人都不同的娇丽可人儿，是多么不识货时，门口却传来愠怒的语音。

“你对她做了什么事？”杨仁国拧着眉，黑眸翻滚怒火，仅仅是看见大哥跟湘悦共处一室，喉中就一阵汹涌的酸，急切地想保护她。

看到他的出现，湘悦的脸儿蓦地一亮，主动走到杨仁国身旁，红唇弯弯、双眼闪亮，欢欣地迎接他的到来。

“你来了。”她满心喜悦，连声音都柔柔软软，娇得让人心都酥了，“我刚刚找不到你。”从小到大被叮嘱，该要好好保护的双手，一见到他就忘了顾忌，再自然不过地去牵握他粗糙暖烫的大手。

怒容稍缓，他本能地轻握，掌中软软的柔软，知道那是世上最珍贵的宝物，喉中那强酸似的液体，瞬间被她的微笑，冲淡得只余沁心的甜。

“我把手机忘在房间里，所以回去拿。”他已经三步并作两步，尽量快去快回，却还是让忠国觑了个空，有机会跟她单独相处。

“我什么都没做。”忠国抢答。

黑眸只望着娇丽的小脸，低沉的嗓音温柔无比，仿佛怕扬高半个声阶，就会惊吓到眼前的可人儿。

“真的吗？”他问。

“你不相信自己的亲大哥？”啊，见色忘友——不，是忘兄啊！

他压根不理会，当作没听到，视线还是望定她。

湘悦点头，郑重保证。

“真的。”她认真地说道，还自动自发地细说过程。“只是我够不着书柜最高层，他很贴心地抱我到肩上，让我自己拿取。”她没有听到，一旁震惊的抽气声，“不过，当我请他放手时，他问，如果他不放的话，我该怎么办，我还真想不出办法。”

“抱你？还不放开？”仁国的双眸眯起，用轻柔到近乎危险的语调，重复这两个问题，高大的身躯变得僵硬。

她浑然不觉，诉说得更详细：“他特地释放男性魅力。只是，我感觉不到。”哦，她好抱歉！

这个小女人是存心想害死他吗？瞧她满脸无辜，但说出来的字字句句，都足以让兄弟阋墙！

言行不检，惨遭当场揭发的杨家长兄自知理亏。不赞成是一回事，试图勾引又是另一回事，这是一桩重罪。他开始考虑是要破窗逃走，还是挖地洞潜逃。

逃亡行动尚未展开，怒吼声已经响起。

“你拿那招对付她？”仁国怒不可遏，连头发几乎都要竖起。

就因为是兄弟，才会清楚兄长的手段，这招贴身色诱声名狼藉，一旦使出来女人几乎手到擒来。

忠国咬着牙，下意识伸出双手做防御动作。“我是你大哥，别为了一个女人对我吼。”哎呀呀，有话好好说，不必握拳相向吧！

“她是我的——”他怒声宣示，狠瞪兄长，才又从牙缝挤出两个字，“客户！”嘴上这么说，但是从语气到姿态，所表现出的占有欲，都暗示着她对他而言，绝对不仅仅是个客户。

“是我的错，我不但彻底明白，而且深切反省中。”他试图“捐躯”的行动，非但没有成功，连男性自尊也受到损害；而且弟弟杀人似的眼神，让他彻底知道，干涉根本无用。

随着娇甜的语音响起，轻而易举就化解了剑拔弩张的气氛。

“我只习惯你在我身边。”柔软的小手，回握大掌的温热，如有不可思议的魔力，仿佛握着的不仅是他的手，而是他的心，“我是任性，但是，我只想麻烦你，好不好？”

娇丽的小脸上，水眸晶亮，只倒映着他的身影，容不下旁人的存在。

“好。”他哑着声音回答。

高涨的怒意如退潮的海水般撤去。他像被驯服的暴躁野兽，黑眸不再燃烧恶火。

只是，怒火减去，大事能化小，却不能化无。忠国企图染指的罪行，还是必须接受惩戒。仁国方正的下巴往门口一撇，示意大哥这事外头解决，避免过程太过血腥，惊吓到柔弱如花的小女人。

“请等一下，我们要去外面，猜拳决定一些事情。”他弯起薄唇，对她笑得真挚又温柔，轻轻松开两人交握的手，带着残留的笑，跟着如战败公鸡般垂头丧气的大哥，一起走到门外。

被留在原地的湘悦，等了五秒左右，才走到门边。为了表示尊重，她只是竖起耳朵倾听门外动静，体贴地不去观看，让他们解决男人之间的事。

猜拳？

她捂着小嘴，忍住不笑出声。她或许生性单纯天真，但绝对不愚蠢，这事肯定会用拳头，不是两指的剪刀，也不是五指开开的布，而是指节收拢得刚硬有力的石头。

“不要打脸。”咎由自取的忠国还嘱咐。

“砰！”

拳头撞击骨骼的声音非常响亮。

“该死，跟你说不要打脸！”

回答很冷淡。

“你不该碰她。”

“就说我在反省了，不然会站在这里，乖乖被你揍吗？”

“她是我的。”熟悉的嗓音、熟悉的语调，重复先前说的话语。

之后，不管仁国有没有再出拳，门外的动静都被自动屏蔽，再也入不了她的耳朵。小脑袋里无限次回荡着，那句让她整个人飘飘然的话语。

他说，她是他的。

润白的指尖捂着唇，湘悦无声地重复那句话：

“她是我的。”

“我的。”

红唇弯弯，上扬的弧度维持了许久许久。

☆☆☆

寒风呼呼吹了数天，伴随鹅毛般浓得能把一切淹没的白雪，好不容易风雪都停息，闷在古堡里许久的人们，舍不得放过这个机会，纷纷跑出来透气。

笑声从湖面上传来，持续了老半天，都不能穿透湘悦铜墙铁壁般的专注力。直到她遵守作息，吃过午餐，喝着加了果酱的红茶时，才慢了很多拍地侧耳倾听。

欢欣的笑声太有吸引力，让她忍不住走到窗边，才看见人们正在湖面上溜冰，光滑的深蓝冰面，被冰刃划出白色痕迹。

“他们笑得好开心。”隔着玻璃窗，她看得舍不得眨眼，用很小很小的声音，连她自己都没察觉似的，吐露出心声，“一定很好玩。”

俄罗斯是冰雪之国，小孩还不会走路，已经会溜冰，被父母牵着小手，在硬实的冰面上绕圈，溜出大大小小的圆圈。

虽然发明了直排轮，但是战斗民族哪里看得上眼！脚下冰刃在冰面上，铿迸出朵朵冰花的快感，是直排轮绝对无法取代的。

暖烫的温度靠近，来到娇小身躯后方。杨仁国站在她身后，两人之间停在一个超过礼貌，仅存留彼此呼吸的距离，而在倒影里，她的娇小已经叠在他的庞大中。

他没有开口，更没有询问，她是否玩过溜冰，因为心中早已知道答案。

精致的小脸贴近窗户，看着湖面上的人们滑行、绕圈，就算是摔倒，一屁股跌在冰面上，还是一边咒骂、一边笑得好开心。

感觉到他的靠近，她忍不住开口，悄声诉说曾有的感动：

“我曾经在莫斯科，看过冰上皇帝叶甫根尼·普鲁申科的演出，每个动作都让我惊叹，看得喘不过气。”花式滑冰看似绚丽，实则是坚持不断努力练习的成果，依靠强大意志力，即使身体因为无数摔跌，每块骨骼都濒临支离破碎，一旦站上冰场却决不松懈。

那时，她坐在贵宾席，看见现场观众为普鲁申科而疯狂，喊叫得那么激切，屋顶几乎要被如雷的掌声掀开，每个人高举的双手，都因用力而拍得通红。

唯独只有她，在欢声雷动中，极尽克制地收拢双手，即便再赞叹、再钦佩，也无法跟任何人一样，给予最简单的礼赞。

这双被神赐福的手，每个指尖都负有重责大任，注定她从幼年至今，近似与世隔绝的孤独。

当同龄的孩子们在玩耍，凑在一起跳橡皮筋、打躲避球或各式各样的游戏时，她只能站在一旁，远远地观看，从来都不曾参加。

没有人会找她玩，因为长辈们反复叮嘱，告诉旁人她是多么“珍贵”，比古老的瓷器更脆弱，万万不可伤害她——尤其，是她的双手——跟国际拍卖会里，动辄数十亿美金的古董花瓶们不同，全世界只有一个她。

连她自己都知道，必须随时保护双手，这是她被人们重视、被呵护的原因——蓦地，一阵暖热的气息，吹拂过她粉嫩的耳。

“走。”杨仁国轻声说。

她转过头来，看进那双黑眸，心跳莫名加速。“去哪里？”

薄唇低靠，一字一字地说。

“我带你去溜冰。”他看到、听到、感受到她的渴望，无法视若无睹。

那一刻，她绝望得想哭。

“我不可以——”

“嘘。”黝黑粗糙的双手，捧起娇嫩的小脸，安抚她深入骨髓的不安，“你简直就是被困在高塔上的公主。”

“没有人困住我。”她小声低语。

他包容了她的谎言，仁慈地没有戳破，薄唇弯起浅笑，用坚毅的眼神鼓励，再度说道：“我们去溜冰。”

“但是，我的手——”

“相信我，公主。”大手牵小手，一步步往外走去，“我会接住你。”他说。

不是保护她的手，是保护她。

简单几个字，世界上无论谁说，湘悦都会迟疑，或是礼貌婉拒、快快转身离开，但是唯独仁国说出口，她瞬间全心全意就相信了。

期待、渴望，蓦然上涌。

怯怯地，她轻颤的手指反握暖热的大掌，顺从地跟随，踩踏脚下软软的织毯，往大门的方向走去，再也没有半点不确定，更没有任何恐惧。

他不可能带着溜冰鞋，她是从来不曾拥有过溜冰鞋，好在厨师的脚尺码跟他合适，倒是她的脚太小，古堡里所有女性溜冰鞋都不适合，找了好一会儿，才翻出一双仆人的孩子在少年时穿的溜冰鞋。

带着渴盼又兴奋的心情，她坐在大门旁的椅子上，看着他蹲下，用灵巧的大手为她仔细绑好系带。

“会太紧吗？”他问。

“不会。”她摇摇头，看着脚上的鞋，还有闪闪发亮的刀刃。“很舒服。”

“试着站起来。”

有他稳定的牵握，她摇摇晃晃地起身，踏出城堡大门。寒风迎面吹来，她没有畏缩，反倒觉得精神一振，比看见任何珍贵绣画更兴奋。

知道他们要溜冰，湖面早已经被清空，仆人、守卫，还有试图阻止他们出门的杨忠国，都站在城堡的门口、窗口后，把湛蓝的湖面留给二人。

望着空旷的湖面，她深深吸一口气，抛开一切顾忌，举步踏了上去。脚下的冰刃有点滑，她控制不住，反射性地后退，但紧贴在身后的男性身躯，提供支撑与保护，还有微烫的体温。

“别怕，我会在你身边。”他郑重保证，“一直都会在。”

有了靠山，她大胆了起来，在他的支撑下滑出一段距离，而他比她的影子更尽责，始终贴身保护。

一颗心，因为兴奋在胸中扑通扑通地狂跳，让她不由自主地大口喘气。

但这感觉好好，几乎像和他一起在风中飞行。

然后，他带领她滑，让她偎靠在他怀里，任由他带领，让两双鞋底下的冰刃，在湖面上划出一圈又一圈，平行环绕的轨迹。她被保护在他的胸膛前，感受轻盈的移动。

就当她以为，这就是溜冰的时候，杨仁国却停下来。

“想要试着自己溜溜看吗？”他询问的口气很轻柔，大手仍稳稳扶着她纤细的腰，交由她自己选择。

她回头看他，小小的鼻头因为寒冷而微微泛红，一双黑眸闪闪发亮。

果然，他跟所有人都不同，给予的是保护，而不是囚禁，她第一次拥有了自由，能随意愿行动。

她错过了学习跳橡皮筋、打躲避球的机会，现在有了他的承诺、他的保护，如果还没有勇气学习溜冰，那就是彻底的胆小鬼。

“我要学。”这是她多年来的希望，她绝对不放弃。

薄唇上扬，黑眸中有着赞赏，也有笃定，仿佛早已料到，她并不怯懦。

“把手臂张开。”他说道，紧贴的身躯退开，轻轻将她往前推。

湘悦听着指示，缓慢地张开双臂，摇摇摆摆地站在冰上。要是长辈们在旁边，看见她这时的举动，肯定会昏倒，或者心脏病发作。

“我好像站不、不稳——”

“不要急，稳住你的头部，视线看着一个点。”

她乖乖照做，发现真的有效。她的专注力本来就超过常人，要看着一个点太容易，毕竟她从小到大都在做着穿针引线的动作。

原本东扭西晃的身体，很快抓到重心，能稳稳地站在冰上。

“然后呢？”她迫不及待了。

“放松，保持双腿平稳，适应冰面的摩擦力。”他一个步骤、一个步骤地教导，没错过任何细节，“现在，轻轻滑出去。”

当她移动时，发丝扫过脸颊，在耳后飞扬起来，束缚在她心上的无形枷锁，终于被甩落，再也无法束缚她，眼前的世界变得那么开阔。

虽然，她的姿势很笨拙。

虽然，她的动作一点都称不上优雅。

虽然，跟她曾经看过，那精准、炫目的花式滑冰选手相比，她只会直线往前滑行，连转弯都办不到。

但是她真的在溜冰！

湘悦不记得，自己何时曾经这么放肆地快乐过。她纵情地享受滑行时带来的速度感，任由寒风把脸吹得发麻。

“我会溜冰了！”她大声喊叫，笑声跟呼吸时的白雾，一起溢出唇瓣。

大手探来，环住她的腰，轻易将她转过身来。她毫不反抗，笑着扑进杨仁国的胸膛，小脸红通通的，贴上他温暖的怀抱。

“怎么样？”

“好高兴。”她喘息着，双眼晶亮，“还有，风很冷。”虽然只滑开几公尺，但是她骄傲地觉得，像独自去环游世界一圈。

大手圈抱，男性的气息、暖烫的温度，贴紧了她，每一寸的柔软都被嵌进他刚硬结实的身躯，两人之间再也没有任何距离。

“这样还会冷吗？”低哑的嗓音问道。

因为相贴，感受到彼此的不同。这么被他拥抱、被他注视，她怎么可能还会感觉冷？身体的每一部分，不管是熟悉的还是陌生的，每一个细胞都在发热。

只是，她却口是心非。

“还有一点。”细嫩的小手，主动捧住俊脸，用指尖描绘他的眉、他的眼、他的鼻，最后是他的薄唇。“我需要你……”

她凝视着身前高大的男人，看着他疼宠的眼，忍不住悄声要求。

“帮我取暖。”

湘悦将粉嫩的唇，印在杨仁国的薄唇上。

第五章 | Chapter 05

他的味道，让她迷醉不已。

薄薄的唇有雪干净的滋味，最初是冷的，直到他吐出一口呼吸，瞬间就变得火热，她粉润的唇瓣也暖透，陶醉地逗留不去，闭眼仔细感受他唇上的气息。

高大的男性身躯，突破一开始的宕机状态，用力抱紧怀中的小女人，仿佛要将她揉入怀中。

湘悦在薄唇上轻喘，纵使双腿碰触不到冰面，全身都倚靠在他怀中也无所谓。她的理智、她的身躯都认定，这宽阔的胸膛，是世界上最安全的地方，透过几层衣物，他们的心跳交叠，都跳得那么快。

这不是她的初吻，却使她第一次感受到，唇下亲吻的男人如此阳刚。

仁国身上闻不到古龙水的香味，每寸肌肉紧绷贲起，被风雪吹乱的黑发，带着些许湿冷，跟热烫体温形成极大反差，男性身躯因竭力克制而轻颤——

等等！

湘悦倏地睁大眼睛。

他、他他他他他——他的舌头——

薄唇下的齿，轻咬她的粉唇，贪恋唇瓣内的润软，一再用舌尖厮磨，直到她娇喘地轻哼，随即霸道地纠缠，诱引她青涩回应、颤颤依附。

哦，好，好吧，这样的吻，的确是她的初次，远超出她以往的体验！

男性的低吼，如远方闷雷，她在癫狂的深吻中，时而被狠狠吞噬，时而又被柔柔宠溺，反复无数次，直到她神智迷离，水眸雾蒙蒙，心甘情愿被他摆布。吻得太深，热烫的不只是彼此的体温，还有如火焚般的情欲。

他点起的情欲之火，足以融化厚厚的冰层。但是，即使冰冻的湖面裂开，同时吞噬他们，她也不会感觉到寒冷，他的热情已煨得她烫怀。

“我们回去。”他在她唇上低语，声似嘶吼。

她虚软得无法点头，不仅仅是双颊泛红，而是从脚指头到发梢，都浮现润艳的粉红。发烫的小脸埋在他胸口，听着跟自己同样激烈的心跳，任由他过紧地拥抱，带着她离开冰面，回到城堡里。

平日热闹的城堡，听不到半点声音，所有人都停止了动作与话语，有一半的人礼貌地转开视线，为他们保留隐私，却有另一半的人大胆直视，看得兴味盎然。

人们的注视，她从小就已经习惯，但是此时此刻，她多么希望这些注视都消失——最好是所有人、所有眼睛都消失——这么一来，她才能跟仁国独处。

他要抱着她去哪里呢？

湘悦羞羞地想，不敢抬起头。

是去她的房间吗？

基于安全原则，城堡里头就算没人的地方，也充斥着摄影机，就连她的房间也不例外，他们并没有真正能独处的地方。

所以，当他放下她时，她紧张地先睁开一直眯眯的眼察看，映入眼中的景象，却让她一时愕然，双眼瞬间睁大，嫣红的羞色咻咻咻地褪光，小脸茫然地环顾。

工作室？

她完完全全不明白。

为什么是工作室？

这里放着精密仪器、一叠叠笔记、成千上万种颜色的真丝绣线、细如发丝的金线、最顶级的珍珠、还有那顶尚未修复的皇冠，却只有一张椅子，而且只够她一个人坐，绝对容不下两个人挤，何况还是他这种彪形大汉。

虽然再一个吻，就可以让她忘掉一切，但现实环境还是引发疑虑，至少舒适很重要。如果是在她的房间里，就有大大的床，绝对很舒适，空间也够大——

咳咳，这是他们的初吻，进度不会太快，还不需要床。

至少，现在还不需要。

但，她又不由得想到，在床之外的地方，能做些什么？

想象力比脱缰野马更不受控制，曾经看过的古老春宫图，奇特的地点、难解的姿势，在脑中哗啦啦地自动翻页，变成栩栩如生的动画，只是主角变成她跟他，忙碌地这样这样，又那样那样。

在他热情的引领下，或许地点是哪里、环境舒适与否都不重要，他接下来要对她做的，说不定能撼动她的世界。

在她期盼的注视下，庞大的身躯在她面前蹲下，俯身、再俯身，粗糙有力的大掌碰触到她的——

溜冰鞋！

在水眸愕然的注视下，仁国轻巧地解开绳结，脱下沾雪的溜冰鞋。

呃，也对，不论做什么事都需要先脱鞋，尤其锋利的冰刃又那么危险！

期盼的情绪再次高昂，她期待得有些颤抖，看着他再度探手，娇小的身躯还微微向前倾，等得迫不及待。

这次，大掌来到她的手上，轻柔地脱去小羊皮手套，再逐一按摩她的指节，让血液回到手中，驱逐最后一丝寒冷，直到她的手变得柔软、泛红。

细嫩无痕的双手，从来最受保护，成年之前甚至每晚都泡在温牛奶里。先天的优势与后天的养成，使得双手触觉变得极为敏感，当他粗糙的指腹，揉按着一个又一个指节，她脸色酡红，要不是咬紧了唇，肯定就会呻吟出声。

终于，他仰起头来，薄唇微张。终于——终于——

“我出去一下。”嘶哑的声音宣布。

她以为自己听错了。

“什么？”

黑眸亮得像能灼烫人。

“我出去一下。”他站起身，不忘拿起溜冰鞋。“溜冰之后最好喝杯热茶。”他推荐。

小脑袋很不确定地轻轻点了点，算是同意。

“我会请别人送来。”他说道，视线已经转开，脚下步伐踏得飞快，转眼就离开工作室，消失在敞开的门口。

脚步声逐渐远去。

这是她第一次听见他的脚步声。

湘悦在椅子上，茫然不解地坐着，小手轻按着唇。

她没有尝过这么激烈的吻，也未曾感受过此时这种深深的惆怅，只知道亲吻他跟亲吻别的男人绝对不同。

不知过了多久，敲门声响起。为了引起她的注意力，刻意敲得又响又久，直到她开口回应。

“请进。”

走进来的是杨忠国，手中端着一杯茶，精致的骨瓷杯在他大大的手里，小得像是办家家酒的玩具。

“听说你要喝茶。”

“嗯，”湘悦接过骨瓷杯，礼貌周全，“谢谢。”不只是暖身，历经天雷勾动地火的热吻，她的确需要一杯镇魂茶。

看见她魂不守舍，视线不时往门口飘，杨忠国难得大发善心，主动告知弟弟的去向。

“仁国去铲雪了。”那模样完全就是体温过高，亟须靠冰天雪地来冷静，免得欲火焚身，把理智全部烧光。

冰面上发生的事情，忠国全看在眼里，就算隔着老远，都怀疑他们会不会把冰面烧出一个大洞。

喝茶的动作停顿，娇小的身躯跳下椅子，如小动物般灵巧，咚咚咚地奔向窗户，小脸贴上玻璃，乌黑大眼滴溜溜地转，企图搜寻熟悉的身影，丝毫没有注意到，红茶洒了一身，手中只剩空杯。

雪地白茫茫，看不见她心中的那个人。

“这个方向看不到。”忠国提供线索，阻止她在玻璃上，愈挪愈靠边，漂亮的小脸几乎要挤进边框跟墙壁狭小的空隙，就为了拓宽一丁点儿的视野。

“哦，”被挤得差点变形的脸，深深吐出叹息，不解外加小小哀怨，“城堡里不是有铲雪机吗？”雪每天都在下，他为什么选这个天气、这个时间去铲雪？

“他现在需要消耗体力。”这次，忠国甚至懒得忍住笑意，嘴角扬得高高的，“很需要。”

这声弦外之音，响得她立刻意会过来，小脸瞬间羞得娇红，粉润的唇咬得紧紧的，不敢再多问一个字，就怕惹得自己更尴尬。

迷醉其中的人，不只是她，显然仁国也大受影响，否则哪会冲出去铲雪，不敢继续跟她共处一室。就算是充斥监视器的工作室，也让他无法信任自己的理智，只能匆匆离开。

被抛下的她，应该要感到恼怒。

但是，想到刚强如他，竟会被她笨拙的吻动摇，羞喜的情绪就像是香槟里的气泡，咕噜咕噜地往上冒，让她红唇失守，笑得像偷吃了一大碗奶油的猫咪，根本生不起气来。

她拿起骨瓷杯，遮住小小脸蛋，试图用喝茶的假动作，隐藏噙着笑的唇。

身为旁观者的杨忠国，觉得自己真是太善良了——

他很好心，没有点破，杯子是空的。

☆☆☆

天色渐晚，城堡里的人们，有一半已经准备就寝。

刻意避开晚餐的杨仁国，大步走回分配给他的卧房。房间里的陈设，称不上豪华，但是合乎他的要求，有足够的空间，可以放置保全系统的繁杂设备。所以大哥留下时，也只是请仆人，多搬一张单人床进来罢了。

进门前他已经脱下雪帽，一头黑发早已被汗浸湿。这几个小时以来，他疯狂地铲雪，独自一个人把车道清得干干净净。

蓦地，眼角一黑，他反射性地伸手接住。

握在手中的，是一条松软干燥的毛巾。

“把自己擦干。”杨忠国说道，在众多荧幕前伸了个懒腰，笑着看着弟弟。“你发泄够了吗？”

仁国没有吭声，拿着毛巾擦遍头脸。

“她一直在等你回来。”忠国继续说，抬起长腿搁在桌上，俊脸闪过一丝不满。“整顿饭都是我在自言自语，她一句话都没听进去，就连我最拿手的笑话，她都没半点反应。”

他非常理解，大哥为什么不爽，从小到大，大哥就对异性有致命的吸引力，从三岁的小女娃，到八十岁的老婆婆，都会拜倒在大哥的脚下。

而他，不论是跟万人迷的大哥，或是其他兄弟相比，都是不起眼的那个。他时常被忽略，也被忽略得习惯了，甚至因此培养出特长，纵使高大健硕，也能像变色龙般，轻易融入人群中。

所以，当生来就注定受人注目，头上戴着隐形钻石皇冠的湘悦，竟会对大哥视若无睹，毫不扭捏地认定了他，双手献上倾慕时，他差点要用手用力地捏自己几把，确定不是在做梦。

再者，当他们在湖面上时——

“你吻了她。”忠国说道，一眼就看穿弟弟在想什么。

“是她吻了我。”他纠正。

“少来，就算她没有主动，你也忍不了多久。”忠国哼了一声，黑眸侧睨，慢条斯理地问道：“你这算监守自盗吧？”

他缓慢地抬头，眼里闪烁着警告。

“我不会在乎你是不是反对。”这是他跟湘悦之间的事，就算是家人也无权插手。

“放心，我很识相，事到如今谁反对也没用。”忠国举起双手，不战先降。“这种事虽然在我们家没发生过，但是业界也有前例，我只是担心——”

“别担心，我依然会善尽职责。”仁国丢下承诺，转身就往浴室走去。

坐在椅子上的忠国，脸上的笑意淡去。他严肃地看着弟弟的背影，黑眸复杂难解，半晌之后才开口，严肃地低语。

“我担心的，是你会太过尽责。”

☆☆☆

丝绒帷幔的大床上，湘悦双眼圆睁。

同样舒适的床铺、同样柔软保暖的羽绒被，她却反常地睡不着，在床铺上辗转反侧，一下子左边、一下子右边，仿佛床铺下多了无数颗豌豆，硌得她全身疼痛。

这难道就是传说中的失眠?

从小到大，她总是沾枕就睡，甚至很少做梦，就连几次遭遇绑架，她也还能觑空睡着。如今，她已经躺了将近一个小时，却还是双眼亮亮，一点睡意都没有，始终在意门外的动静。

晚餐的时候，餐桌旁看不见杨仁国。她特地去了另一个房间，从上俯瞰他铲雪的身影，在意他穿得暖不暖，或者饿不饿。

整顿晚餐她都食不知味，视线不时望向一旁那张空荡荡的椅子。

终于，湘悦再也躺不住，小脚踏下床铺，直到脚心冷凉，才发现忘了穿鞋，人已经来到房门旁。没有回头穿鞋，她赤裸着双脚，趴在门上聆听，考虑着要不要开门。

就像回应她的迟疑，门上响起轻轻的敲击声。

“发生什么事情了吗？”那个她熟悉而想念的声音，隔着门问道。“以往这个时候，你早已经睡着了。”他透过监视器，在荧幕里看见她翻来覆去，小脸还会凑近监视器，挥舞着小手来确定监视器运作良好，并没有故障。

一听见他的声音，湘悦就急切地握住门把，毫不迟疑地打开房门。

“你回来了。”她满心欣喜地迎接他，笑容前所未有的灿烂，“我一直在等你。”她毫无隐瞒地说出心声。

“对不起，我不该抛下你。”仁国衷心致歉。他明白那样匆促离开，留下她独自一人，是多么失礼的一件事，只是他必须冷静下来，不能肆无忌惮地侵吞她的纯洁天真。

但是，眼前穿着睡衣的她，美得像是落入凡间的精灵，双眸里盈满恳求，红润的唇轻启，小小声地恳求。

“我睡不着。”她的声音、她的身躯都无比柔弱，让人无法拒绝。“你来陪我，好不好？”她伸出手，握住他的大掌。

这跟二人分开时情欲醺然的紧绷不同，比起销魂热吻，此时此刻她更渴求的，是他暖烫的体温，而且这种深切的渴望跟气温无关，即使身在炎热的赤道，她也会依恋难舍。

虽然被长辈环顾，但是发乎情、止乎礼是无形的束缚。她纵使被照顾得再好，心里某一处也还是空荡荡的。礼貌性的亲吻与拥抱，其实都有距离，这么多年来，唯有他愿意用体温真正地温暖她。

感受过体温的依偎，她就再也回不去那座凄冷的高塔。

仁国想要开口拒绝，但是湘悦恳求的声音太软、太甜，他只能像被驯服的兽，在她轻轻巧巧的牵握下，踏进奢华美丽的主卧房，并在床侧坐下，软绵的大床因为他的体重微微下陷。

躺在大床中央的湘悦，不放开二人相握的手，心满意足地叹了一口气，所有的不安都消失，只要他在身边，心就感受到温暖与平静。

这种静谧的感觉，比深吻更亲密让她想了解他更多更多。

“你是什么时候学会溜冰的？”她好奇地问，声音小小的、低低的，像是在问一件秘密。

他低声地笑了。

“小时候家里只有一双溜冰鞋，大家都抢着穿，好不容易抢赢了，就想要穿得久一些，就算摔得很痛，也要装作什么事都没有，摔着摔着就学会了，可以溜起来让抢不到的人追。”童年的点点滴滴，回想起来仍旧很有趣。

她听得很认真，试图想象他小时候的模样。认真坚定的黑眸、倔强好胜的神情——她多想在许多年前，就认识那个小男孩，他肯定会乐于教导她各式各样的游戏。

“那么，你会跳橡皮筋吗？”

他再度笑了，笑容软化了五官。

这是她头一次，看见他真正放松下来。从见面的那一刻开始，他始终在戒备、在提防，因为必须保护她而小心谨慎。

“男生很少玩跳橡皮筋。”其实，女生都排挤他们，说他们是臭男生。“大部分都是女生在玩。”

跳橡皮筋是她从小的梦想。

台北是一个很小的城市，即使不必去上课，搭载她往来博物馆的豪华轿车，仍然不时会经过校区附近的公园，她时常看见那些女生们穿着运动服，把五颜六色的橡皮筋绑起来，串成长长的一条绳索，轻盈地跳跃，或笨拙地跌倒大笑。

跌倒肯定会很痛，她只要稍微碰伤，长辈们就会大呼小叫，额冒冷汗急着抱她上车直奔医院急诊室，劳师动众只为替她那道肉眼几乎看不到的伤，小心翼翼地擦上碘酒。

所以，她一直很好奇，为什么即使跌倒，那些女孩们还是笑得那么大声，仿佛用笑声就可以驱逐疼痛。

“你妹妹会玩吗？”她想起杨娃娃，美丽又女人味十足的杨娃娃。

这个应该很平常的问题，却让仁国微微一僵。

他们的双手还交握着，他再细微的情绪，她都能感觉得到。

一会儿之后，他才回答。

“娃娃不玩跳橡皮筋。”他对妹妹小时候的模样，可是记忆深刻。旁人看见的，或许是那娇滴滴的外貌，但是身为兄妹，他太了解妹妹的“本性”。

湘悦却误会了。

“你们一定很疼她。”他们也舍不得美丽的妹妹摔伤吧！

他沉默不语，没有破坏她的幻想，告诉她事实上，从小到大都是娃娃让他们很“疼”。

瞌睡虫大军悄悄来袭，一只又一只爬上她的眼皮，但是她好喜欢这种随意聊天的感觉，努力撑着不愿睡去。

“你休假的时候都在做什么？”她又问，侧躺看着他，觉得问再多问题都不够。

“一般人会看电视。”

“我问的不是一般人，我问的是你。”她柔声说道，执意要知道。

黝黑的俊脸，难得露出些许尴尬。

“做菜。”

虽说古语有云：“君子远庖厨。”但是现在是二十一世纪，男尊女卑老早就不流行了，何况杨家的状态更偏女权至上，做菜是他纾压的方式，家人也乐得有佳肴可吃。

原本以为，被一群老古董教育成人的她，会对爱下厨的男人感到讶异，没想到她瞬间睡意全消，还坐起身来，殷切地探问。

“做菜？真的吗？你会做什么菜？”

“都是一些家常菜，葱油鸡、清蒸鱼、糖醋里脊之类，按照我妈的嫁妆——那本傅培梅的食谱，一道一道学着做。”生母过世得很早，家人各自有怀念的方式，对他来说下厨做菜，还原童年时在餐桌上吃过的滋味，是他怀念母亲的方式。

这些日子以来，餐餐吃的都是异国菜肴，虽然可口，但是听他说起那些听着就亲切的美食，她还是吞了吞口水。

不过，任何菜肴都可以等到工作结束，回台湾时再大快朵颐，有许多顶尖名厨，都乐于为她做菜，八大菜系任由她点，唯独她最想吃的食物，不论哪个名厨都端不出来。

“你会做盐酥鸡吗？”听到他会做菜，她好激动，“长辈们说盐酥鸡不卫生也不健康，但是我每回坐车上街，都看到那些人吃得好香，让我好想好想吃，就算是一口也好，只要让我知道，那包纸袋里，用小竹签叉出来食物，尝起来是什么味道就好。”

“我没有做过，但是可以试试看。”他伸出另一只手，轻抚她的脸蛋，让她重新躺回床上，“现在，你真的该睡了。”

湘悦还不肯松手，非要再三确认。这可是她放在心里好久好久的愿望，一想到有可能实现，当然不肯轻易放过。

“回台湾之后，你一定要做盐酥鸡给我吃哦！”

他轻声笑着，轻轻收回相握的那只手，为她盖上羽绒被，轻抚着她散开在床面上，如黑丝绸般的柔软长发，直到她不敌睡意，累倦地闭上双眼，呼吸逐渐变得均匀。

偌大的床上，她像睡美人般，静静躺卧等待王子的亲吻。

当他以为她已经睡着，准备离开时，娇嫩的语音响起，虽然小声却清晰无比。

“仁国？”

“嗯？”

“你可以给我一个晚安吻吗？”

高大的男人，在床边僵住。

睡意侵蚀意识，但她试图保持清醒，等待又等待，期望重温他的气息与温暖，伴随她进入梦乡。

只是，困意汹涌，唇上却迟迟等不到他的温度。

就在她失望地就要睡去时，暖烫的薄唇印上来，无限温柔的一吻，伴随耳畔沙哑的低语：“晚安。”

一颗心扑通扑通地跳着，唇上那抹温暖，让嘴角偷偷扬了起来。

她心满意足地带着微笑睡去。

那一夜，梦好甜好甜，梦里都是他。

第六章 | Chapter 06

湘悦在哼歌。

她是听见工作室里的回声，才觉醒过来，自己正在哼着邓丽君的《月亮代表我的心》。优美的旋律、简单却意义深远的歌词，一句又一句地溜出口，她的注意力竟难得地有些分散。

握着笔的小手扬起，朝小嘴轻拍几下，提醒自己该要百分之百专注。

只是，过了一会儿，不知不觉间，她又哼起熟悉的旋律。

警示性的轻拍没用，从早上到现在，都用过午餐，该喝下午茶了，她要是再拍，嘴唇就要被拍肿了，却还是无法停止。反复地哼着哼着，简直像是康叔叔养的那只羽色灰褐、白线绕眼的贵州凯里画眉，心情好的时候就没办法住嘴。

不过，神奇的是，即使因为哼歌稍稍分了神，工作效率却变得更高，笔记唰唰地写了许多，烦琐的记录即将完成。

漫长的记录工作，终于看见结束的曙光，她搁下手中的笔，拿起桌上的修复针组，对于即将开始动手缝补，心中感到熟悉的蠢蠢欲动。

能以针线修补古物，是她唯一擅长的，也是最骄傲的一件事。

从有记忆以来，她的心思都在精进绣法，得到长辈的赞许、旁人的惊叹上，一直到杨仁国出现——

粉嫩的双颊，因为想起他，情不自禁地微微红润。

仿佛心有灵犀，当她正在想他，门上就传来礼貌的轻敲，那是他特有的节奏，专属于他们之间的暗号。

湘悦惊喜地转头，望见他薄唇扬起，弯成温柔的微笑。她心里的某个地方，连她都未知的陌生地方，因为暖意而渐渐融化。

“有空吗？”仁国问，笑容里的温柔更浓。

她点点头。

“工作刚好告一段落。”其实，就算工作繁忙，她也千百个愿意，为他特别空出时间。

高大的身躯还站在门口，并未踏入工作室，映着窗外天光的黑眸闪烁笑意。“先把皇冠罩上。”他指示。

没有半点质疑，她乖乖听从，小心翼翼拿起防弹玻璃罩，稳当地将皇冠罩上，隔绝了空气。之后才转过身来，无限期待地望着他。

杨仁国走进来，来到工作桌旁，拉开外套拉链，从内侧口袋里拿出一包装得鼓鼓的，还插着几根细细签子的浅棕色吸油纸袋，一阵无限诱人的咸咸香气扑鼻而来。

湘悦的小手几乎是轻颤着，接过那包微烫的纸袋，只是闻到味道，她的口水就自动分泌，几乎要泛滥成灾。

“是盐酥鸡？”她吞了吞口水，望进纸袋里，汹涌而出的热气刺激眼睛，她却舍不得眨眼，害怕这包手里握的、眼里看的盐酥鸡，会突然消失。

“你不是想吃吗？”他柔声问道，笑得好纵容。

湘悦点头如捣蒜，双眼被热气熏得泪汪汪的，双手把吸油纸袋握得更紧。她原本以为，要回到台湾才尝得到这禁忌的美食，没想到他神通广大，居然在冰天雪地的俄罗斯就能变出一包盐酥鸡。

袋子里的鸡块，炸得淡淡金黄，酥脆得恰到好处，在热油里滚过的绿色叶子，色泽格外翠绿。

眼看她只是痴痴看着，迟迟没有动手，他自动自发地探手，用细签挑起一块鸡肉，送到粉嫩的双唇前。

她怯怯地张口，先用红嫩舌尖轻碰，试探是否烫口，随即又不好意思地羞怯一笑，才鼓起勇气咬下鸡块，怕烫又贪口，先是感觉到酥脆的表层，接着是柔软的鸡肉，每次咀嚼都滋润多汁。

品尝得太专心，她沉醉在美味中，没有发现他的黑眸，因欲望而蒙上了一层浓雾。

他看舌尖就硬得发痛，呵呵！清晰地回忆起，她是如何青涩地回吻——

吃着盐酥鸡的湘悦，回味无穷地咽下鸡块，舌尖轻舔唇瓣，品味着那咸咸的椒盐粉，却听见一声痛楚的低吟。

“你怎么了？”无辜的大眼眨啊眨，满是关怀。

他咬牙吸气，勉强挤出笑容。

“没事。”

“哦，”她没有多想，注意力都集中在美食上，万分期待地小声问道，“我可以再吃一口吗？”虽然，原本的愿望，是只吃一口就好，但是一旦尝到，就好难停止。

“整包都是你的。”他承诺。

啊，太幸福了！

她迫不及待地再度从送来的细签上咬下另一块鸡肉，津津有味地吃着，直到吞咽下肚后，才好奇地问道：

“为什么你可以把鸡肉炸得这么恰到好处？”缝补对她来说轻而易举，烹饪反倒是未知领域。只是，从小尝遍美食，她也养出挑剔的味蕾，吃得出他手艺一等一，不输某些名声响亮、做菜却偷减工序的名厨。

“这要靠经验。”他努力转移注意力，忽略欲望的疼痛，还好烹饪是个安全话题。

“我想知道你是怎么做的。”湘悦对做菜一窍不通，对她来说，烹饪跟魔法一样神奇。

“过程吗？”

她用力点头，充满求知欲。

“听起来可能会很枯燥。”

“你说的话，我永远都不会觉得枯燥。”她脱口而出，毫不犹豫。

他注视她一会儿，然后才扬起薄唇，笑得比之前更温柔、更深情，慢条斯理地说起烹饪细节，仿佛他们拥有用不完的时间。

“这不是正统的盐酥鸡，算是改良版的。”粗糙带茧的指腹，抹过她嘴角的椒盐粉，才又喂她吃另一口鸡肉。“肉桂、孜然更适合肉类，加一点伏特加腌渍，再裹上面包粉下锅油炸，九层塔可以用新鲜的罗勒代替，最后撒上胡椒盐。”

这些香料、食材，她都曾听说过，却没有想到，他能以西式的食材，重现台湾小吃的咸香滋味，吃起来没有半点违和感。

“我把油的分量减少，相对比较健康，你想吃就可以吃，但是油炸食物吃多了还是不好。”

她乖乖点头，紧箍在身上的无形枷锁，又被他解开一个。为了保持健康，她从小就吃得讲究，就算没喝过苦苦的补药，照样被调理得发黑肤白，肌肤如白瓷般莹润。

太油、太辣、太酸之类，甚至是不够美观的食物，她全都不能碰。

她并不是要违逆长辈的一切规则，只是想满足饥渴的好奇心。所有人一口就否决的事，唯独他不阻止，愿意无条件提供保护，还花费心思与时间，把不健康的吃食，改良到她可以入口。

一口接着一口，静静吃着他喂来的食物，时间仿佛停止，如果世界上真有天长地久，她多么愿意是跟他——

静谧的氛围，被贸然闯入的黑影打破。

“我大老远就闻到了，这么香，是什么味道？”杨忠国闪身而入，转眼就来到桌边，倾身夸张地吸嗅。“盐酥鸡？原来你在厨房忙半天，就是为了弄这个。”

眼看来者不善，湘悦下意识地缩手，把整包盐酥鸡往自己的方向稍稍挪了几公分。虽然，做人要乐于分享，但是这包盐酥鸡是仁国特别为她做的，她只想独占。

身旁的仁国反应迅速，一手将她护在身后，另一手格挡在前，做了一个世界通用的拒绝姿势，阻止口水几乎快流出来的兄长接近。

“这包是她的。”他沉声宣布，无比认真。

忠国的眼睛还是盯着盐酥鸡。

“好好好，只要分我吃几口，几口就好，我又不会整包吃掉。”他口是心非地说着，掏出放在口袋里的铝罐，证明非吃不可的决心。“我连啤酒都准备好了，冰得凉透透，盐酥鸡就是要配冰啤酒。”

护着食物的湘悦，原本躲在仁国的身后，听到威胁者的宣言，蓦地探出小脑袋，对这样的食物组合好奇不已。

白肉配白酒、红肉配红酒，鱼子酱跟香槟是天作之合；淡味河鲜适合绍兴酒、浓油蹄肉宜搭茅台；红糟烧肉跟桂花稠酒是七世夫妻。东方、西方各有名菜配名酒，她好菜吃得多，好酒自然也喝得不少，却偏偏就是没有喝过冰啤酒。

黑眸眯起，不用低头看，就知道她已经被勾起兴趣。

“不要教坏她。”他警告着。

忠国却耸耸肩，双手一摊，满不在乎地笑着。“这是啤酒，又不是伏特加，刺激性只比可乐强一点。”

“她的饮食习惯跟我们不一样。”

“那就该多尝试。”

仁国拧着浓眉，预备反驳兄长为了吃，胡乱摆出的各种理由，却感觉外套下摆被轻轻扯了扯。他低下头来，看见她满脸羞红，期期艾艾地说：

“我、我——我想喝耶——”

他的动作竟快得让她看不清楚。

大掌猝然探出，劲势猛而快，直切忠国趁他低头，闪电般探来试图抢劫盐酥鸡的左手腕，迫使对方收手。

但是，早出生几年，年纪不是白长的，忠国当然不是省油的灯，惊险地闪过攻击，在闪避三弟攻击的同时，指尖用劲把铝罐往上抛。

闪闪发亮的铝罐飞在半空中，在落下之前，兄弟之间已经互有进退，过了好几招。

趁着弟弟心有旁骛，还需要分神护着那个小女人，忠国夺得先机，抢得落下的啤酒，转身拉开姿势，预备防守与攻击。

两兄弟的姿势一模一样，彼此对峙着。

“把啤酒交出来。”仁国的掌心平出。

“你刚刚不是说，这是教坏她？”

“我改变主意了。”既然为兄的不仁，那就别怪为弟的不义了。

可恶！

简单一句话就想打发他？

“你这家伙，有异性没人性，孔融都知道要让梨，身为弟弟你却连一口盐酥鸡都不让大哥吃，还要来抢我的啤酒！”忠国愤愤不平地痛骂，痛心疾首地猛摇头。

稍一分神，拳头又招呼到眼前，他连退几步。

“我们家姓杨，不姓孔。”仁国边出手，边说话，呼吸丝毫没有紊乱，“再说，冰箱里还有啤酒，这罐我只是暂借。”

肌肉与骨骼碰撞的声音，节奏快又精准，简直如同音乐。

忠国主动出击，右臂提起内旋，抓住弟弟的右手大拇指，进而顺势往上，拉直对方右手，左肘猛地一击。

砰！

“你为什么不自己去拿？”

攻击被挡下，问题也得到答案。

“那样就会让你有机会，抢走她的盐酥鸡。”仁国反守为攻，接连逼近几步，招招都是标准的擒拿手，连取臂、肩、膝，招式沉稳、出手凌厉。

忠国避开了手臂、肩膀的攻击，却闪避不了膝部那一击，他吃痛地半蹲，身体失去平衡，手里的啤酒就被仁国夺走，只剩手心残余的冰冷水气。

“喂喂，把啤酒还来！”他大声抗议。

话是这么说，不过其实从动手那一秒开始，他就知道啤酒肯定不保，所以也就只是叫嚷一下而已。

家中四个兄弟再加一个妹妹，基本的功底都差不多，但各有擅长之处。拳脚功夫需要苦练，兄弟中性格最内敛的仁国，花费在练习上的时间最多。就连惜字如金的老爸，都曾特别夸赞。

何况，在心上人面前，这家伙绝对不肯丢脸，根本是势在必得。

看着递到眼前的啤酒，湘悦还有些不敢相信。她的每个愿望，这个男人仿佛都能达成，简直就是她梦想中的英雄。

先前强硬得足以退敌的大手，这时变得好温柔，为她拉开铝罐的拉环。

啤酒经历几番抢夺，打开时却没有喷溅，只是涌出奶油般绵密的泡沫，她快快凑上前，吮掉泡沫后，终于喝到冰凉的啤酒。

麦香温和可口，而冰与热的差距带来刺激，让味蕾上的咸味与辣味，像是炙热沙滩被冰冰的海浪冲刷过，每个气泡都亲吻着她的味蕾，让她畅快得喘了一口气。

一口盐酥鸡、一口冰啤酒，味蕾受到不同刺激，她连着吃喝三口，才找回根深蒂固的礼貌。

“请问，我可以喝完吗？”哦哦哦，拜托拜托，她想整罐喝光光！

“不行。”他摇头。

“谢谢，我——”咦，啤酒罐怎么跑走了？

水汪汪的大眼往上看，眼睁睁看着心目中的大英雄，把啤酒拿走，举得高高的，彻底断了她抓取的念头。

“这样喝太伤身体，要有所节制。”仁国轻声说道，用粗糙的指腹，点住她张开的小嘴，并不完全纵容她的所有要求。

尝过冰啤酒的粉唇，还冷冷凉凉的，被他指上的温暖抚触，所有的抗议都咻咻咻地消失，柔柔弱弱心甘情愿地点头，乖巧应声。

“好，都听你的。”丁湘悦无法拒绝。

他的回答是粲然一笑。

啤酒罐贴上薄唇，完全没有顾忌地从她喝过的那处，仰头将啤酒一饮而尽，嘴角沾了一滴的酒渍。

湘悦的视线紧盯着那滴闪着光的酒，觉得喉咙一阵干渴，而全世界的水跟酒都不足以解渴，唯有他嘴角那滴酒，才能疏解她深之又深的渴。

她意识蒙眬地踮起脚尖，试图更靠近他，红润的舌尖像被催眠、被召唤，离那张薄唇愈来愈近、愈来愈近——

“够了！”

一声暴喝，吓得她差点跳起来，要不是仁国动作迅速，大手一揽圈住她纤纤细腰，给予强力稳定的支撑，她肯定会跌在地上。

不满啤酒被抢，还看了一番你侬我侬，忠国用力揉着眼睛，试图揉掉刚刚看到的一切，转身大步往门口走去，恨恨地丢下一句抱怨。

“你们闪得我眼睛好痛！”

☆☆☆

原本旁若无人的疯狂欲望，等到真的没了观众，她反而觉得好尴尬，狼狈地匆匆离开他的怀抱，脸儿热烘烘、红润润的。

垂下小脑袋，她抱着盐酥鸡，用细签戳着鸡肉，趁着还温热的时候，一口一口地吃着，眼角瞄见有动静，才又抬起头来，嘴里还嚼嚼嚼，咬着多汁的酥脆鸡块。

供应她食物与啤酒，还差一点就被她忘情以亲吻攻击的杨仁国，从容地脱下外套，端详肩膀处因缝线断裂，出现的长长裂口。他的每个动作，都让她联想到野生动物的优雅。

“怎么了？”脱口问出疑惑后，她才赫然发现，自己竟然违背最重要的礼仪，在嘴里有食物时说话，连忙惊慌地遮住嘴巴。

他似乎没有察觉，又像是察觉了也不在意，轻描淡写地回答：“刚刚被扯破的。”

兄弟中拳脚虽然属他最强，但是，受过同样锻炼的大哥，身手也不可小觑，换作别人跟大哥动手，可不会是肩袖被撕开这么简单，而是整只手都会被分筋断骨造成重伤。

咽下食物的湘悦，连忙打开修复针组，看也不看就摸出最适合的一根针，自告奋勇地说道：

“我来替你缝补吧！”这可是她最拿手的事！呃……话说，也是她唯一拿手的事……

“不用了。”

她极力争取，用被训练到近乎本能的动作，完全凭着触觉，轻易穿针引线就绪，锐利的针尖闪亮，映着她眼中的决心。

“衣服是因为我而破的，本来就应该由我来补，”她信心满满地保证，“放心，很快就能补好了。”

这次，他没有拒绝，大手递来外套。

外套是羊毛材质，摸起来滑顺舒适，虽然不是簇新的，用的也不是喀什米尔羊绒或杰尼亚黄金羊毛，但是看得出来，他对这件外套照顾有加，很是珍惜衣物。

“你们一家人的穿着风格都不同。”他是穿得最朴素，最在乎实用的那一个，不在乎时尚或帅气。

锋利的针尖轻易穿过羊毛，跟毛料同色的丝线，从缝线完好的地方开始修补。她重复下针，缝得细密而厚，弥补丝线的脆弱，免得肩袖再度因为各种外力而撕裂。

他站在工作桌旁，看她缝补衣裳时的侧脸，晶亮的水眸、粉嫩的双颊，他怀疑她并不知道，工作时她红润的唇会微微地嘟起，像是期待被亲吻。

“我不在意品牌，只是喜欢天然材质，穿起来才舒服。”红润的唇微微轻抖，他靠得更近，猜测是什么原因让她分心。

湘悦完全不能专心！

哦，天啊！天啊！她快不能呼吸了。

她深刻地明白，他对天然材质的衣物有多么坚持。因为那靠得愈来愈近的男性体魄，就穿着黑色棉质T恤，吸收汗水后的棉布，紧贴在他身上，块垒分明得不需要任何想象力。

“平常练武的时候，道服也是纯棉的——”

醇厚的嗓音说着，她却左耳进、右耳出，非常不专心。

那硕大的胸肌，以及结实的六块腹肌，因为他的呼吸，近在咫尺地起伏，她可以闻到干净的汗水味，混合着淡淡的麝香，应该是他用的刮胡膏，或者洗发精的味道。

想到他裸着身，举手搓得短发满是泡沫，白色的泡沫流下他的脸、他的颈、他的胸膛、他的小腹——

她心跳愈来愈快，下针也愈来愈快，无意识地缝缝缝，视线无法从他太过诱人的体魄上移开。

不仅是包裹在棉布下的肌肉，令人垂涎，裸露的双臂线条完美，可以媲美文艺复兴时期的石雕。但是，石雕是冰冷的白色大理石，他的怀抱却温暖得烫人，肤色黝黑如巧克力。

裸露出的双臂、颈部，都晒成同样颜色。

那么，藏在衣裳下的部分呢？他是不是全身都是同样的肤色，让她牙痒痒的，好想咬一口看看。

呃，糟糕，她是不是真的张嘴了？

红烫的双颊是掩饰不住了，但是为了掩饰失态，她努力地没话也要找话说，连偷窥时看到的细微变化，也不经意地脱口而出。

“你会冷吗？”贴身的棉衣，忠实呈现他乳尖的凸起。

沙哑的笑声震动胸膛。

“不会。”

听见他的语调，她蓦地羞得想要挖个地洞，立刻钻进去躲好。

室内明明就有暖气，他的细微变化，是因为她的窥视，而不是因为温度。啊啊啊，该怎么办，她被逮个正着，居然还问他冷不冷！

锐利的针尖，毫无预警地戳入指腹，她疼得倒抽一口气，慌忙缩手，粉红的指腹上已经涌出饱满血滴。

湘悦完全慌了手脚，被针尖刺着这么初级的错误，自从七岁之后就不曾发生过，看着艳艳的血珠，饱满得就要滴下，一时慌得手足无措，不知道该怎么办才好。

阴影覆盖过来，大掌握住她的手，仁国在她的注视下，将被刺伤的指尖轻含入口中，吮去那滴血珠。

黑眸锁住她，让她无法动弹，只觉得指尖被他口中的湿热包裹，刺伤的地方随心跳抽疼，却又一次一次地被灵活的舌尖吮磨，她渐渐连疼痛都感受不到，只能在他的注视下虚软。

吮吸伤口该是最本能的做法，但因为是由他来做，会让她心头小鹿乱撞，指尖愈是被吮得湿润，她愈是口干舌燥。

时间一分一秒地过去，他懒洋洋地张口，对伤口做最后一下轻舔，然后才放开温柔又霸道的囚禁。

“伤口应该不会再流血了。”嘶哑的男性嗓音，因为靠得太近，每说出一个字，就吹拂过她的脸。

淡淡的啤酒气息，醺得她也微醉，呆愣地点点头，低头想要借由缝补，掩饰太过红艳的粉颊，却发现外套已经缝补完成，再也没有可以下针的地方。

因为贪于偷窥，外套被她缝补过度，撕裂的地方不但已经接回，还泄露出当时的心思，绣满他的名字，从中文、英文到俄文都有，用的还是华丽非凡的字体。

“对不起，我补得太过头了。”她讷讷道歉，万万没想到在缝补上，竟也会出错。“我现在就拆掉重补。”这太丢脸了！

他却不允许，将外套拿走。

“不用，这样很好。”他的手指轻抚过缝补的部分，神情似笑非笑，灼灼黑眸仍盯着她，“谢谢你。”

“别客气。”她声音小小的，不知为什么，此时此刻他的眼神，比他吸吮指上伤口时，更让她心神动摇。

男性身躯无声贴近，直到她隔着衣裳，都能感受到他的体温与结实肌肉。

“当然，不能只有口头上的道谢。”他拿起缝补好的外套，罩在他与她的上方，形成一个阴暗的小天地，避开了监视器，得到难得的隐私。

阴影落下时，他的唇饥渴地贴上她。

宽厚大手捧着她娇小发烫的脸，薄唇熨上她的粉嫩，灵活的舌尖喂入她口中，如舔舐伤口那般，懒洋洋地挑弄她唇内细嫩的地方，一次次地掠夺，直到她颤抖不已，陶醉在他的吻中。

第七章 | Chapter 07

她爱死他的外套了。

羊毛外套提供隐私，让他们在城堡各处，随时都可以相拥热吻，不用担心旁人的目光，更不用担心监视器。

他总是用宠溺的眼神，注视她的一举一动，仿佛怎么也看不腻。粗糙的大掌也流连不去，有时勾起一绺垂落的发，仔细为她塞回耳后；有时轻抚她双颊的弧度；有时碰触她的指尖。

外套里的温度，每次都随着两个人的喘息，愈来愈暖热，他会在黑暗中吻过她光洁的额、颤抖的嘴角、敏感的颈部，薄唇轻贴在那里，感受她加快的脉搏，懒懒地以舌尖贴抚。

所有裸露在衣衫外的肌肤，都被他吻遍，甜蜜的火焰被引燃，烧焚得她只能娇喘吟哦，双手探进他的衣衫里，盲目地摸索着，用指尖记忆他肌肤的粗糙与平滑。

好几次，都是他用尽自制力，才阻止情况失控。

但她羞怯却又迷恋，不知底线在哪里。润红舌尖跟他纠缠着、不舍他的离去、模糊娇嚷要更多更多。直到亲吻得几乎窒息，才软软地趴在他胸膛上喘息。

外套的遮蔽，只能提供一时片刻，而他们之间的强烈电流，已经随时都要擦枪走火。

碍于承诺在先，修复皇冠的工作不能搁下，况且她已经完成笔记，就要动用针线开始修复了，这时候更不能分心——呃，对啦对啦，她最不该的就是在此时偷尝禁果！

她宝贵的贞节，应该在受祝福的婚床上，献给合法的丈夫。但是，她从身体到心灵，都已经认定他。

他以热吻就能撼动她的世界，让她痴迷不已，要不是他的“抵抗”，好几次她都差点要把他剥光，彻底吮尝他肌肤的味道。

湘悦独自躺在大床上，深深叹出一口气，指尖仍刺痒着，手心还残留他的体温。她多么懊悔，刚刚没有留住他，那男人坚强的自制力像铜墙铁壁，明明她已经感受到，他的身体那么硬、那么烫，他却还是可以毅然喊停，艰难但坚决地离去，留下她孤枕难眠。

她闭上双眼，尝试着入睡，瞌睡虫却迟迟不来报到。

所以，当房门外传来声响时，她立刻坐起身来。

“丁小姐！”陌生的嗓音以俄语呼唤，敲门的节奏很急切。“杨先生受伤了！”门外的人说道。

惊骇的情绪，让她一时无法动弹。

“哪位杨先生？”兄弟两人不论是哪个受伤，都是最糟糕的事，但她心有所属，最担心的还是仁国。

“跟您一起溜冰的那位。”

担忧淹没理智，她想也不想地跳下床，三步并作两步地奔到房门口，用颤抖的手打开门，焦急地追问：“他不是刚刚才离开吗？为什么会受伤——”

娇小的身躯蓦地僵住。

一把手枪直指着她的头部，枪管上装着消音器。持枪的男人有些眼熟，是凯萨琳安排的护卫之一，而轮值在门口的另一名护卫，已经倒卧在地，浓稠的血从双眼之间的枪孔流出。

“安静。”持枪的男人脸上溅了血，另一手半拖半拉地扯住她，直直朝昏暗处奔去。

尖叫噎在喉间，她试图挣扎，想要争取时间，男人却再次把枪抵在她头上，一脸凶狠地低斥。

“你再乱动试试看！”

湘悦不敢再反抗，双眸惊慌地搜寻，凌乱的长发披散在睡衣外，因为那把枪，她即使被扯得再痛，也不敢喊出声，怕会激怒对方。

倏地，持枪的男人停下脚步，转头往后察看。

昏暗的廊道里，两个高大的身影宛如鬼魅，飞快逼近，原本迷人的俊脸，因愤怒而变得狰狞可怕，全身都是逼人的杀气。

“仁国！”一时间，忘了恶人的警告，她惊慌高喊，努力发出警告，“小心，他有枪！”

示警没有让他放慢速度，高大的身躯逼得太近，因为看见她被绑架者狠扯长发，疼痛得低叫出声，黑眸陡然绽光，如要择人而噬的猛兽。

他的大掌探来，几乎就要触碰到她。

持枪恶徒却撤手一甩，硬生生将她推向石墙，大手无奈扑空，只触及睡衣的一角，枪口却已经直指他的额间。

湘悦见状，在这千钧一发之际，她用尽全身力气猛撞向恶徒，撞得持枪恶徒重心不稳，俄语咒骂伴随消音后的枪声响起，因为她那一撞，子弹惊险地错过目标。

紊乱的脚步声纷至沓来，五六个黑衣人出现，来者却不是援军，而是恶徒的同党，不由分说地围攻在后阻挡的杨忠国，骨骼与肌肉撞击的闷响，回荡在廊道里，忠国凭借凌厉身手，暂时防守无虞。

挟持她的男人抓着她又往前跑，堪堪闪过子弹的仁国瞠目欲裂地咆哮着追上前去，一把抓住那男人的肩头。

“放开她！”

他离开湘悦房间不久，才刚踏进卧房，就看见大哥神情凝重地紧盯荧幕，兄弟二人只交换了一个眼神，立刻察觉情况有异，匆匆赶到她的房间，却赫然发现房内空无一人，门口只剩死去的护卫。

事发之前肯定有预兆，身为她的贴身保镖，不论再细微的预兆，他都应该察觉。他被对她的情感、欲望蒙蔽，才会粗心大意，让她被挟持。

他不能原谅自己。他必须救回她，他必须——

愤怒的红雾弥漫双眼，对方回身抬脚踹来，他闪过那一脚，挥出右拳，那卑鄙的家伙却将湘悦拉到眼前挡着，他不得不连忙收手，却因此没闪过一记踢击。

那一脚狠狠踹上他的腰侧，他及时抬手挡住，却仍被踢得位移。

仁国再次抢攻，同样的情况却一再上演，他每次出手，都碍于被当成盾牌的湘悦，几次都惊险得差点伤及柔弱的她；因为有她在，他不敢使用武器，怕因此错手反而伤了她。

自责与焦急，让仁国濒临失控。为了救回湘悦，他罔顾一切，甚至不在乎自身安危，再度在她被拉着往前跑时，冒险追了上来。

再一次，枪口瞄准了他的额间。

迫切的危机，却也是转机，他迎上前去，缩短两者距离。

“不要！”

湘悦惊呼出声，想要再次阻止，可这一次，那男人早已有所准备，牢牢地将她抓压在墙上，不让她搞鬼。

看着仁国再次冲上来，她惊慌不已，却无能为力，只能眼睁睁看着那男人扣下扳机。

在枪响之前，忠国突围赶到，但子弹已经击发出去，她恐惧不已地看着兄弟二人，在那声枪响之后同时倒下。

不——

眼泪夺眶而出，流下她的双颊，她胡乱地伸手，想要靠近他，却被挟持她的男人强行拖拉离开，即便被拖过了转角，她脑子里仍不断浮现房门口那具额间冒血的尸体，还有刚刚兄弟二人一起倒地的模样。

开枪的凶手扯着哭泣不已的湘悦，来到廊道的末端，用枪柄敲了敲蒙尘的木门。陈旧的木门从外打开，接应的人跟车，早已等在门外。

风吹冷泪水，也吹冷她的全身。

她亲眼看见，那一枪射向仁国的头部。任谁被射穿头部，幸存机会都微乎其微，再者，他如果不是重伤，甚至死去，就绝对会追上来。

他没有。

身后的走道，空无一人。

歹徒们迅速将她捆绑上车，交谈时用词简单扼要，以往她总会特别留心，用来判断自身安危，但是这一次，她彻底失魂落魄，像个布娃娃般任凭这群人摆布。

因为，她的心在他倒下时，已同时碎裂。

☆☆☆

子弹袭来。

杨忠国见三弟拼命地勇往直前，咒骂一声，飞快冲上前去，在最后一秒，伸出双手，及时将他扑倒。

身后那些黑衣人再次涌上，瞬间枪声大作，两人分别滚至两侧房门，闪躲满天乱飞的子弹。

忠国从口袋里掏出一颗闪光弹，仁国也做了同样的动作，两人对看一眼，觑了个空，将闪光弹一上一下地往后抛了出去，然后火速闭上双眼。

闪光弹霍地爆开，冒出浓烟，敌人出声吆喝，枪声因此平息，因为看不清楚，怕伤到自己人。

敌人还在吆喝，两人已几乎在同时，闪电般冲了出去。

因为是兄弟，默契良好，更加合作无间，加上之前早有演练，一左一右，将因强光目盲的敌人迅速打倒在地。

黑衣人惊慌之中，又扣扳机，忠国却比敌人还快，仁国更是眼也不眨招招凌厉、拳拳到肉，务求用最快速度搞定这票王八蛋。

解决掉最后一个黑衣人后，仁国的嘴里爆出一连串的脏话，内容精彩流畅充满创意，让忠国都不禁挑眉。讶异内敛温文的弟弟，是从哪里学来这一大串骂人的话，连他这个嘴巴最不干净，曾经被老爸惩罚用洗衣粉洗嘴的兄长都听得肃然起敬。

只是下一秒，火山爆发似的怒气，就朝他袭来。

仁国冲过来，揪紧他的前襟，用质问杀父仇人的凶狠语气，气势汹汹地大吼：

“为什么要阻止我？”要不是被大哥扑倒，他就能追出去，绝对不会让她被不知名的人带走。

忠国翻了个白眼，皮笑肉不笑地做出夸张笑容。“哦，你太客气了，不用谢，我很高兴能救你一命！”他从袖口抽出护手钢板，上头嵌着一颗子弹。“看清楚，这颗子弹差点就要射穿你的脑袋！对方有枪啊，你赤手空拳只能白白送死！”

那个护手钢板，让慢半拍的理智重回脑中，仁国深吸一口气，知道大哥说得没错。只是，他太过焦急，脑细胞暂时宕机，连危险都忘却，一心一意只想救她。

“抱歉。”他有些尴尬地和兄长道歉，“我只是……”

“算了，我知道。”忠国摆摆手，没和他计较，只是道：“先把丁小姐救回来比较重要。”

仁国点头，沉声道：“她被带离城堡的范围之后，干扰器就失效了，我们只有靠她身上的 GPS，追踪那些人把她带到了哪里。”

对那些养育她的人们来说，她是珍贵的资产，当她幼年时遭遇绑架获救后，身上就被植入 GPS 定位器，之后接连几次被绑架，因此才能依循讯号被安然救出。

但是，杨家在城堡里设下的干扰器，却能让 GPS 的信号失效，才能将她隐藏到现在。干扰器的范围也被精准校对过，恰好覆盖城堡与四周半公里，再远就会失效。

她被带走至少五分钟了，他们已经失了先机，现在光靠肉眼不可能追得上，但只要一出干扰器范围，他们就能用 GPS 定位她的位置。

“很好，你去换装备，我去拿追踪设备，我们车库集合。”忠国说。

闻言，仁国转身匆匆赶回卧房，用最快的速度，换上雪地行动的装备。

穿脱衣衫的时候，他的视线与镜子的自己交会，发现镜中人的脸色煞白。他深吸一口气，用强大的意志来压抑奔腾的怒气，重新找回冷静，双手也渐渐地不再颤抖。

杨家从事保全行业多年，遇过的惊险状况数都数不清，却每次都能化险为夷，累积出极佳的口碑，靠的从来都不是运气，而是充足的准备。

这类的情形，他跟家人预演过无数次。

事不关己、关己则乱！但是，时间分秒必争，他必须恢复镇定，相信自己、相信家人。

他背起一份装备，手里拎着另一份，下楼来到车库，看见大哥已经穿着妥当，站在雪上摩托车旁，低头看着手上的透明荧幕。

荧幕上的小小绿色光点，一闪又一闪，逐渐往西移动。

仁国将一份装备丢给大哥，大步跨上另一辆雪上摩托车，戴上安全帽后，雪镜上浮现地形图，以及闪烁的绿色光点。戴着防寒手套的大手旋转油门，雪上摩托车宛如离弦的箭般冲入雪中。

雪地上加装雪链的车痕，已经渐渐看不见，但雪镜上浮现的地形图，让他不需依靠车痕，也能追踪到湘悦的行踪。

眼前荒芜的雪原，就是广袤无边的西伯利亚，除了车辆之外，必须另有交通工具接应，才能将她带离这里。附近太过荒凉，几乎没有遮蔽物，而交通工具必须距离得够近，却又不能让他们察觉。

“你总算稍微恢复些常态了。”耳机通讯器里，响起忠国的声音。他换妥防寒装备后，立刻用最快的速度追来。

“没有。”藏在安全帽下的薄唇，紧抿得只剩一条线。“等我逮到那些家伙，他们会希望自己从未出生在世上。”

相较于绑着雪链的车辆，雪上摩托车的速度更快，机动性也更好，不需要走在道路上，可以穿越树林，抄小径，所以即使他们较晚出发，让绑架湘悦的人夺得了先机，但随着时间一分一秒地过去，他们已经离荧幕上的绿色光点愈来愈近。

大约十五分钟后，荧幕上的绿色光点停止移动。

几乎在同时，两辆雪上摩托车也刹车停住，引擎声蓦地消失。距离已经够近，靠着雪镜的望远功能，可以用目测观察，响亮的引擎声只会打草惊蛇。

他们在雪地上匍匐前进，靠在低坡上俯瞰，谨慎隐藏形迹。

那辆休旅车停在空旷的雪地中，依然保持引擎运转。过了几分钟，螺旋桨刺耳的声音打破寂静，从细微变得清晰，不祥的预感浮现，微小的黑点逐渐靠近，最后来到车子上方盘旋，缓慢下降，主旋转翼即使在强风中也屹然不动。

杨忠国咬牙，狠狠骂了一句脏话。

直升机!

该死的还不是一般的直升机，而是俄式军用直升机，又称武装直升机，北大西洋公约组织称其为“浩劫”，那该死的东西根本是架飞行火药库。

杨忠国往旁边看了一眼，瞧见弟弟的浓眉紧拧。

直升机缓慢下降，吹开地上积雪。车子的门缓缓打开，黑衣人拽着娇小的小女人下车，等着来接应的直升机降落，全身都被扑了一层浓雪，手里的小女人则是双眼无神，软趴趴地任凭摆布。

杨家兄弟交换了一个眼神。

他们都知道，一旦湘悦被送上直升机，就会失去救援机会。

忠国脱下背包，拿出冲锋枪，朝直升机的方向略略偏头。“我来引开注意力，你去救她。”

声东击西是最好的办法，他们没有选择余地。两人先对表，确认时间。

“注意安全。”仁国跨上雪上摩托车，猛地发动引擎。直升机的噪声非常大，已经不需要担心对方会听见雪上摩托车的声音。

“你才是，别把小命丢了！”忠国大声嚷嚷。

“我不会的。”他保证。

忠国咬牙，翻了个白眼。

“我很怀疑！”丢下这句话，他驾着雪上摩托车，绕到较远的外围，很快就消失在雪堆后。

仁国握紧把手，视线盯着车旁的湘悦。她看来很不对劲，背叛凯萨琳的护卫很可能以对她下药的办法，来阻止她挣扎或伤害自己。怒火在心中闷烧，烤得他五脏六腑仿佛都发出滋滋滋的惨叫。

时间一分一秒过去，当手表发出嘀嗒轻响，他毫不犹豫地驾着雪上摩托车，直直往车子与直升机的方向冲去。

车子旁的护卫跟直升机的驾驶，尚未察觉他的出现，另一方向就响起巨响，把所有注意力吸引了过去。

那是手榴弹的爆炸声。

护卫们拿着冲锋枪，冲向另一个方向，疯狂地扣动扳机，嗒嗒嗒嗒嗒嗒的枪声成为螺旋桨的配乐。

他必须把握好时间，在隆隆作响的雪上摩托车撞上车子前，让车头惊险地一偏，避开了玉石俱焚的灾难。他倾斜摩托车，一再绕着车子旋转，激出一阵阵雪波。拽着湘悦的黑衣人，惊恐地端起冲锋枪，尚未来得及瞄准，枪就被强力泼溅的雪打落，只得慌乱地在雪中摸索。

“湘悦！”他大声叫喊，“湘悦，过来！”

起初，她动也不动，仿佛所有知觉都被封闭，听不见、看不到。过了一会儿，她才慢慢抬起头来，两人四目交接，有那么一瞬间，她的眼神像是在看着陌生人。

“湘悦！”

这次，叫唤伴随雪波，冻得她倒抽一口气。

突然之间，她认出那双黑眸，眼中的神采都回来了，泪水夺眶而出，迈出发软的双脚，不顾一切地向他奔去。

大手一捞，在千钧一发之际接住她。

俄语咒骂响起，那些围攻大哥的枪手，发现目标被劫走，纷纷奔跑过来，或是趴下身从直升机下方，朝着他们射击。

仁国把失而复得的小女人，严密地护在胸膛上。有几颗子弹打在防弹背心上，每一下都堪比重拳，砸出他的呼吸。

“抱紧。”他咬牙嘶声，在她耳畔警告。

柔软的小手，用尽每一分力气，像是溺水的人攀住浮木般，紧紧攀住他。

“不要怕。”

“嗯。”湘悦把头埋在他胸前，闷声回答，没有任何迟疑。

手表再度传出嘀嗒声。

轰！

这次，爆炸的是直升机。橘红色的火焰冲天而起，站在直升机四周的枪手，纷纷被火焰波及，哀号着在地上打滚。

爆炸波从背后袭来，雪上摩托车完全失去控制，后尾高高翘起，雪链发出刺耳的声音，刮过平滑的冰面。

然后，他跟她连人带车坠入悬崖。

☆☆☆

西伯利亚的原始森林，以针叶树为主。这十几年来，因为挖掘石油与天然气，自然环境受到很大破坏。

在挖掘到石油与天然气之前，因为各式各样的罪行被流放到西伯利亚的人们，必须对抗严寒气候，在这里开采煤矿。苏联解体后，经济效益低的煤矿，大部分被弃置不用。

仁国在森林中，找到一个废弃的矿坑入口。

说入口其实还算夸张，只是一个岩石底部的浅穴，可能是当初勘探时发现下面没有煤矿，所以没有继续开挖。

无论如何，这是他们在风雪中，能藏身取暖的最佳地点了。

他卸下肩上的背包，取出高科技帐篷，因为不需要传统的支架，所以两秒钟就能撑开，再铺上防水保暖地垫，帐篷内就形成防风躲雪的一方小天地。

背包里的物资琳琅满目，从武器到睡袋一应俱全。他脱下防风的羽绒外套，包住她颤抖的身躯，再抖开吸水毯，一绺一绺地吸干她湿透的秀发。

“再忍耐一下。”他先取出应急的能量棒，送到她手中，“先吃这个，慢慢咀嚼，热食很快就好。”

湘悦拿着能量棒，几次想放进嘴里，无奈手颤抖得太厉害。冷得太久，起初她的指尖还能感受到痛，但是现在已经愈来愈麻木，冻得就像枯死的树枝。

不久之前，当雪上摩托车冲下悬崖时，她真的以为小命休矣。

所幸，他在摩托车撞毁前，当机立断抱着她跳下来，落在厚厚的雪上，同时用高大的身躯作为保护，并翻滚着减弱冲击力道。

雪上摩托车炸成一团火球，为了避开追击等待救援，他们一路躲进森林里。

安全帽的通信系统，在撞击时毁坏，造成通信中断。但是，搜寻的功能还能使用，转换另一个界面后，可以看见代表大哥的 GPS 亮点，在往城堡的方向移动，虽然速度缓慢，但还是让他暂时松了一口气。

眼下，最重要的是，要快点让湘悦暖起来。

“我现在就来煮热食。”他拿起固体燃料，准备到帐篷外挖干净的雪，湘悦娇小的身躯却紧靠着他，不愿意他离开。

湘悦抬起头，眼中泪花闪烁，充满无助与焦急。

“我的手——”她咬着发白的唇，不知所措地落泪。“我感觉不到——”

“嘘，别怕。”他立刻就明白她的恐惧，大手迅速握住冷得像冰块的精致小手，探入他衣衫下，贴住紧实的腹肌，提供最天然的热源。

她向来温暖纤细的小手又冷又硬，好似冰块一般，令他感到心惊，只能以手掌覆住她冰冷的双手轻轻摩擦，希望能尽快让她的血液循环恢复过来。

该死，他早该想到湘悦跟自己不一样，她一路上没有抱怨过，所以他还以为她很好，现在才知道，她刚才一定忍耐了很久。

“没事的，你别担心。”他抱歉地凝望着她的眼，抵着她的额，安慰着。

“嗯。”湘悦含泪点点头，挤出微笑。

起初，湘悦什么也感觉不到。

就在她以为，双手的神经已经被冻坏时，一丝尖锐刺痛窜过指尖，痛得她全身一缩。

他持续按着她的手，没有放开，耐心地为她暖手。

尖锐的痛楚，一次又一次窜出，她的双手仿佛被无数的针，深深地戳刺着，痛得她颤抖不已。

“好痛。”她低语，偎靠在他怀里。

“再忍忍，一会儿就过去了。”他亲吻着她湿透的头发，说出二人都知道是谎言的话。要让冻僵的双手，回到原本的温度，她必须经过漫长的疼痛，但是剧烈的疼痛，也代表着她的手还能恢复。

好几次，湘悦痛得咬住他的手臂，默默无声哭泣，要不是有他的支撑，她肯定熬不过这种痛楚。

不知过了多久，疼痛逐渐减弱，她的身躯轻颤着放软，感觉双手虽然还有些麻木，但是已经能活动自如。

直到这个时候，她才发现自己倚靠的男性躯体，已经因为汗湿而冷透了。

仁国最贴身的衣裳是纯棉质的，虽然能够吸汗，却没有办法排湿。先前抢救她时，剧烈的动作让身体出汗，但是进入帐篷后，他就把防风保暖的外套脱给她，身上只剩汗湿的棉衣。

冰冷的棉衣会吸取体温，连带使得体温降低，许多登山者，就是在这种情况下冻死的。但是他却罔顾冻死的可能，把照顾她排在最优先，牺牲体温为她的双手取暖。

柔情涌上心头，她深吸一口气，在他怀中跪坐起身，虽然困难却极有耐心地，为他脱去那件冰冷的棉衣。

“湘悦。”他哑着嗓子，看着怀中的小女人，黑眸蒙上一层雾。

“嘘，别说话。”她吻了吻那冰凉的薄唇，然后在他炙热的注视下，脱去身上的衣物。粘雪的外衣，真丝的内衣，以及最私密的贴身衣物，一件又一件被脱下，丢弃在帐篷的角落，直到最后她如出生时一般一丝不挂。

她用防风的羽绒外套，同时覆盖两人，同时捧起他的脸，再度吻了他，赤裸的娇躯跟他的肌肤相贴。

“现在，换我帮你取暖。”

第八章 | Chapter 08

柔润的肌肤，完美得没有半点瑕疵，白皙得有如上好的丝绸。跟布料不同的是，她暖暖的温度，以及淡淡的香气。

嫩软的肌肤贴上他的粗糙，起先怯怯的有些颤抖，却又因为感受到他的寒冷，固执地下定决心，紧贴入他的怀中。电流般的刺激，强烈得让两个人同时倒抽一口气。

“哎啊——”她仰起头，娇声颤吟，看见黝黑俊容上难以自持、近似狰狞的神情。体内的女性本能，直觉地告诉她，他是多么喜爱这不经意的接触。

她无法自欺欺人说自己并不喜欢。相反，她也很是贪恋，但是羞怯感好强烈——

浓烈的羞怯感，让她不知所措，迟疑着该不该继续。

蓦地，一声模糊的低吼响起。

他像饿极的猛兽扑向猎物，将她陡然推倒，让粉嫩娇躯倒卧保暖地垫，庞大的男性身躯悬荡在她身上，一只大手钳住她的双腕，轻易拉过头部，让她只能像春宫绣本里的女奴，无助地袒露。

火热的喘息，吹拂过她的耳，引发阵阵颤抖。

“不，”他的声音嘶哑，因情欲而浓浊，“不许停。”坚强的自制力，已经全盘崩溃。

“拜托——”她娇怯地轻喊，“我——”

薄唇贴着乳尖，说出每个字时，都是不同的摩擦。

“拜托什么？”他问。

温热的呼吸，几乎要烫着她。

“吻我——”

恢复自由的纤细双臂，慌慌圈绕他强壮的颈项，不让他离开。

“别走，拜托，再——”

他低声地笑，仁慈地疼宠另一个蓓蕾。“你要的是这样吗？”他非要问出答案。

“对！”湘悦啜泣承认，双手圈得更紧。

虽然已经偷偷幻想过好几次跟他偷尝禁果的情景，但是真正发生时，他的所作所为，还有引发的渴望，即使是她最狂野羞耻的幻想，都远远不及现实发生的万分之一。

“你好烫。”她喃喃低语，“是因为我吗？”他的温度也感染了她。

仁国咬牙握紧双拳、全身僵硬、连呼吸似乎都停止了、汗水一点一滴地流下胸膛。这是最甜蜜的痛苦、最亲昵的折磨，明明是他所索求的，却远远超过他所能承受的，才过一会儿，他就推开那双小手。

“不行，我会死在你手里。”他大口喘气，汗湿胸膛剧烈起伏，勉强用手臂支撑，才没有溃倒在她身上。

秀丽的小脸浮现困惑，因为被推开而有些受伤。

“我做错了什么？”

“你没有做错任何事。”该死的是，她做得太好！

旷野寂静，只有他们的喘息在雪地上回荡。

她被推上浪潮的顶端，意识模糊地听见他的咆哮，他和她，再也分不清彼此。

☆☆☆

雪无声无息地落在帐篷上，累积到一定程度，才溃下一部分，发出沙沙的声响。

她趴卧在他的胸膛上，彼此赤裸交缠，窝在保暖睡袋里。

初次欢爱时，他们什么都顾不得，忙乱地在对方身上探索，唯一的保暖衣物只有他的羽绒外套。忘情时她纤细的长腿，跨缠在他的腰间，整个人都在外套跟他的覆盖下，不但不觉得冷，粉嫩的肌肤上反倒汗水淋漓。

在她仍因为高潮而娇慵无力，几乎就要睡去时，他用固体燃料点燃火炉，挖取外头的积雪煮沸水，把毛巾浸烫拧干后，为她擦净全身。

这举动甚至比做爱更亲密。

她脸色酡红，尴尬地妄想夺取毛巾，却被他从口头与行动双重制止，只能任凭他坚定又温柔，视为专属特权似的，亲自为她擦洗。

之后，他抖开睡袋，抱着她躺进去。

在严寒的天气里，分享彼此体温是最好的保暖方式。他们效法爱斯基摩人，以及久远之前，曾在这片荒芜的土地上，为了短暂夏季的青草，赶着牛羊来此的游牧民族，赤裸地相互依偎。

只是，他的大手总是不安分，在她身上四处游走，以掌心、指尖温习柔软娇躯，敏感的她太轻易被惹动，不到一会儿呼吸又变得紊乱。

他的脸抵在她的头发里，喃喃地说着好甜蜜好甜蜜又让她好害羞的情话。

她不解地抬头。“可是，你还——”

“没关系。”他轻声说道，微笑着拥抱她，感谢她的慷慨。“你需要休息。”

湘悦的双颊发烫，只能匆匆低头，躲回他的胸膛，不敢跟他四目交接。体内深处虽然有残留的欢愉，的确也有说不出的羞人酸痛，他忍着欲望，没有持续贪欢需索，体恤得叫她好感动。

倦累阵阵袭来，她蜷缩着，感受耳下强壮的心跳，因为全心全意的信赖，所以即使身在野外也没有半点不安的感觉。

落在发间的碎吻，有着催眠的魔力，她闭上双眼，彻底放松下来，不一会儿就陷入香甜梦乡。蒙眬之中，紧贴的男性身躯离开了一会儿，她喃喃抗议着，在他回到睡袋里时，白嫩双手圈抱得更紧，不允许他再离开。

就这样，他们紧密相贴，不知睡了多久。

是噪声吵醒了丁湘悦。

嗒嗒嗒嗒嗒嗒的声音由远而近，持续不停地骚扰美梦，等到她意识到，那是直升机的声音时，帐篷已经因为直升机引起的强风，剧烈地摇晃，篷布拍打得像是要破裂。

她惊慌地坐起身来，却发现仁国已经离开睡袋，好整以暇地煮好咖啡，装在保温壶的盖子里，体贴地递到她面前。

“别担心，是自己人。”他温柔地笑着，不慌不忙地坐到睡袋旁。“你睡着的时候，我出去装了 GPS，让大哥能够找到我们。”

她没有接过咖啡，双手抓住睡袋，遮掩肩部以下的春光，小脑袋东转西转，慌乱地搜寻。

“你在找什么？”

“衣服，我需要——”不论来的是自己人还是敌人，她都必须穿妥衣裳，不能维持现状，光溜溜地被人发现。

昨晚她被带离城堡时，身上只穿着睡衣。再经过惊险的爆炸、躲藏，还有缠绵欢爱，当仁国替她从帐篷角落，找到那件睡衣时，衣裳已经变得皱巴巴的，甚至还有破洞，即使穿在身上也一点安全感都没有。

“你可以穿我的外套。”他大方地出让，还体贴地为她穿上。

她羞红着脸，慢吞吞地离开睡袋，小声道谢。

“谢谢。”

回应她的，是一个短暂结实的吻。

当帐篷外响起呼唤时，他的唇已经离开，倒是她被吻得粉唇微肿，神志迷迷糊糊的，一会儿还回不过神来。

“三哥！”娇脆的嗓音响起，帐篷从外部被打开，杨娃娃探进头来，毛茸茸的皮草帽上还沾着雪花。“你们都没事吧？我替丁小姐带了保暖衣物跟手套，她现在就——”

语音停顿，小嘴倒抽一口凉气，蓦地大嚷出声。

“你把她吃了？”杨娃娃难以置信地大叫。

湘悦的脸变得更红，略略缩躲到仁国身后，恨不得掀开保暖垫，在雪地上挖出一个洞，把自个儿深深地埋起来。

可惜，天不从人愿，他高大的身躯，无法为她避开杨娃娃的视线，白嫩肌肤上的“罪证”被一览无余。

“啧啧啧，瞧你把她吻成什么样子，到处都是吻痕，”杨娃娃双手叉腰，大眼滴溜溜地转，小脑袋摇个不停，“不论是谁，一看就会知道你做了什么好事。”

“这是我跟她之间的事。”他沉下脸色，神情严肃。

瞧见三哥的表情，杨娃娃知道多说无益，毕竟生米已经煮成熟饭，事到如今再多的反对都枉然。

“好吧，”她叹了一口气，拿出带来的衣物，“快帮她把衣物穿好，我们要快点离开，不能在这里逗留太久。”她退出帐篷，迈开步伐往直升机方向奔去，脚下的双层防水雪地靴坚持个人特色，仍旧是高跟的。

军用载人直升机停在树林外，并没有熄火，螺旋桨扫出的强风，把冬季休眠的针叶树林吹得摇晃不已。

仁国掩护着怀里的小女人，推开直升机的侧门，两个人才刚坐好，坐在前座的孝国跟爱国同时转过头来，异口同声地问道：“你把她吃了？”

哦，不，她错了！还错得离谱！

“自己人”远比敌人更棘手，那一瞬间，湘悦羞得差点想跳下直升机，偏偏仁国已经帮她扣好了安全带，她只能坐在原处，撇开烫红的小脸，假装在看着窗外。

“我就知道！”坐在驾驶座的孝国，用力拍了一下大腿。

“可恶，”爱国则是垂头丧气，招牌的阳光笑容消失无踪，“我还以为你自制力够强。”他太失望了！

“哈，他还曾经把女人拐到山上茶园去过夜，根本不是正人君子。”孝国伸出一只手，在小弟眼前晃，“快，愿赌服输，付钱啊！”

茶园？

湘悦转过头来，一脸的好奇。

女人？哪个女人？

她的视线溜回他脸上，瞧见黝黑的颧骨浮现暗红，他一脸尴尬地咬紧牙关。

“那是以前的事。”他几乎可以说是焦急地连忙说道，“在遇见你之前很久的事。”

就连前座的兄弟档也连连点头，忙着替他说话。

“真的，那个女人早在八百年前就把他甩了。”

“是啊是啊，他现在眼里只有你。”

坐在一旁的娃娃，也咕哝地说道：“没错，真的是眼里只有你。”

湘悦并不想多问，毕竟过去的事情，嫉妒或是吃醋都没用，但是看见他惊慌的解释，担心她多虑的模样，心中还是偷偷觉得甜，忍不住伸出小手，握住他的大掌。

她体贴的心意，让他大大松了一口气，终于能够再度拾回冷静。

“大哥呢？”他问。

“直升机爆炸的时候，他受了伤，却直到我们到达古堡的时候，还逞强不包扎，所以被我强制送医了。”娃娃翻了个白眼，表达对“男性气概”的无可奈何。

直升机平稳地起飞，在孝国精湛的驾驶技术下，连起飞时气流造成的颠簸都微乎其微，才过了一会儿，就已经看不到他们昨晚藏身的地方了，前方是雪白无瑕的平原。

“我们不回古堡吗？”她明明记得，城堡不是在这个方向。

“不，我们不回去。”娃娃摇头，主动解释，“大哥拷问那些绑架你的人，问出是有人出了高价，要阻止皇冠修复后，凯萨琳借由捐赠皇冠由商入政，罗曼诺夫家族将再度回到克里姆林宫，进入俄罗斯的权力中心。”

“所以，就算可以信任凯萨琳，也不能信任她身边的人。”仁国贴心地补充，为她解说现况。

“没错，杨氏保全跟凯萨琳签订的合约，是将你的安全列为第一要务。所以，你改换的藏身地点，连凯萨琳也不会知道。”

“可是，我的修复工具，还有笔记都留在古堡里。”她忧心忡忡。那些工具跟笔记，都是修复皇冠的必需品。

“你放心，皇冠跟其他东西，都由我家的无敌老爸亲自运送。”娃娃说道，所有事情都记在她的脑袋里，“在莫斯科有个合适的地方，等我们到达的时候，皇冠跟工具差不多也到了，你可以在那里进行修复。”

湘悦点点头，知道有杨家兄妹在，就不会有后顾之忧。她亲眼见识过他们是多么出类拔萃。

再说，她也全心全意相信，仁国会竭尽全力地保护她。

小脸抬起，湘悦望着那张俊脸，着迷地看着他侧面的轮廓。要不是她的手，仍被他的大掌紧握，很可能就会抬起来，抚摸那薄薄的唇。

“失去凯萨琳的协助，你们是哪里弄来的直升机？”他问道。

驾驶座上的孝国，发出难听的干笑。

“跟姓韩的借来的。”

提起这档事，孝国、爱国与娃娃，兄妹三人同时垂下头，一副槁木死灰的模样，只差没有黯然落泪。

湘悦可以清楚感觉到，跟小手相握的大掌，突然变得无比僵硬。

“姓韩的？”仁国表情扭曲，愤恨地大叫：“你就不能跟别人借吗？”

“我也不想跟他借啊，但是姓韩的在俄罗斯有人脉，”孝国扬起嘴角，冷冷地笑着。“告诉你，直升机是跟他租的，莫斯科的藏身地是跟他借的，这下子欠了租金，还欠了人情！”

“二哥，你笑得好可怕。”娃娃说道，肯定二哥此时此刻的笑声跟表情，狰狞无比。

孝国笑得更冷。

“会比姓韩的可怕吗？”

“呃，不会。”所谓道高一尺，魔高一丈啊！

兄妹们提起那位声名赫赫的同行，同时咬牙切齿，差点要把牙齿都咬碎了。

“完蛋了，那家伙肯定不会放过我们的。”娃娃双手掩面。

“他是标准的‘趁你病、要你命’，早就巴不得我们解散，全都去替他的公司效命。”想到韩先生借出直升机跟藏身处时，亲切和蔼、笑容可掬地直说请便请便，手里却飞快地按着计算器，爱国就毛骨悚然。

“所以要控制成本啊！”孝国崩溃大叫，脸色铁青。“我说过多少遍，成本要控制好啊！这次肯定赔惨了。”他恼怒地握拳，重击驾驶座前复杂的仪表板。

兄妹们瞬间大惊失色。

“二哥！”

“快住手！”

“是啊，弄坏了赔更多啊！”

湘悦在一旁，看着杨家兄妹七嘴八舌地说着。她很想插嘴，告诉他们不用担心，她所继承的财富，跟这些年来修复古老刺绣的收入，加起来非常非常可观，他们根本不用担心公司倒闭。

但是，这种家人间的吵闹与吼叫，实在好热闹、好可爱，连仁国也像个少年般毫无顾忌，让她看得着迷，舍不得打断他们的争论。

所以全程她都没说话，始终笑得万分甜美，视线未曾从他脸上移开。

第九章 | Chapter 09

相较于众多崭新的豪宅，杨家兄妹与湘悦在莫斯科的落脚处，是一间位于宁静公园旁，僻静的五层楼砖房。

这里虽然比不上豪宅的奢华，更比不上城堡的金碧辉煌，却布置得温馨舒适，原木家具上铺着色调活泼的羊毛毯，沙发上还有软软蓬蓬的抱枕，壁炉虽然没有生火，但是暖气管线让整间屋子都暖烘烘的。

湘悦第一眼就爱上这里。

这里有种家的感觉。

虽然，她也分辨不出，是因为屋子的布置，或者是因为屋子里有仁国的陪伴。

当他们到达时，杨家兄妹口中的无敌老爸，已经不见踪影，但所有用具都摆放妥当，连保全系统也安装完毕，她专属的工作室打扫得一尘不染，彻底消毒完毕，让她一到达就可以开工。

绑架她的幕后黑手，至今尚未现身，杨家兄妹除了受伤的忠国，其余都留在这里，防止她再遇上危险。

兄妹们分工合作，而仁国更是二十四小时“贴身”保护，白天她修复皇冠的时候，他就守在工作室门外，到了夜晚，他们更是同睡一个房间，在同一张床上相拥而眠。

起初，她还觉得害羞，但是杨家兄妹们倒是毫不尴尬，也不会拿她跟仁国的恋情取笑，负责采买日常用品的娃娃，还贴心地买了保险套，默不吭声地搁在他们的卧房。

换作以前，婚前偷尝禁果，是她受过严格教育的小脑袋里，连做梦都不敢想的事。

但是，爱情来得那么突然，让她顾不得其他。雪地里的那夜，在危机环伺下，她一心一意只想与他相拥，害怕在死亡降临前，她还未得到他，只能在余生反复后悔。

到了莫斯科，他理所当然地霸占她的床。她也没有提出抗议，因为——因为——哎呀呀，讨厌啦，其实她也贪恋与他共处的时光，舍不得他离开，只要一下下没看见他，就觉得浑身不对劲。

夜里的欢爱，他有时温柔、有时霸道，她娇羞的生涩回应总让他疯狂。在他的拥抱中，听着他的心跳睡去，是最幸福的一件事。

只是，夜里的贪欢，消耗她太多体力，白天修复皇冠时，注意力必须高度集中，体力不足让她罕见地分神，当她自个儿发现时，已经不知道打了多少个哈欠了。

小手匆匆抬起，掩住半张的红唇，双眸因为瞌睡，蒙上一层水雾，一副泪汪汪的模样，格外惹人怜爱。

“对不起。”她连忙道歉，觉得好失礼。

他大步走过来，姿态从容得像是漫步在丛林里的豹子。

“为什么要道歉？罪魁祸首明明就是我。”他伸出大掌，心疼地抚着她眼下的阴影。因为皮肤白皙，更显得阴影的明显。“你该要阻止我。”

轰！

热气蓦地上涌，她双颊火烫，红得像番茄。她羞得好想躲起来，但又见不得他自责时的表情，只好硬着头皮，结结巴巴地说出心里话。

“我、我不想——”纵然鼓起勇气，羞意还是盈满心头，让她说不出完整话语。

仁国体贴地低下头，凑近她的脸，想要听得更清楚些。

“嗯？”

男性的体温，以及她已经熟悉的味道，围绕着她，像是无形的怀抱，将她包裹在其中。

她更羞更羞，声音比蚊子叫声还小，急急把话说完。

“我不想阻止你。”嫩软的十指在衣裳上揪了又揪，几乎要把衣裳揪破。

偏偏，他靠得更近，薄唇弯起，露出无比亲昵，甚至有些邪气的笑。

“你喜欢？”他问得好温柔，就靠在她耳边，呼出的气息热烫至极。“告诉我，你喜欢我怎么做？”他爱极了她羞怯的模样。

雪白的齿轻咬红唇，脸红红地沉默了一会儿，才维持最小声量说道：

“现在是白天。”

他不解地挑眉。

“所以呢？”

“白天不要提这、这种事——”她害羞到快爆炸了！

仁国忍住笑，纵容她的要求，薄唇落在光洁的额上，印下轻轻一吻。

“好，白天不提。”但是，晚上不但可以提，还可以行动。回想起她夜里热情的反应，他已经迫不及待，希望夜晚快点降临。

看看窗外的天色，虽然仍旧亮着，但是她规律的生理时钟，隐约感觉到微微饥饿，猜想晚餐时间也差不多快到了。

好在今天的工作进度已经完成，不然脑子里绕着太过香艳的画面，对她强大的专注力也是一种严峻考验。

决定停针休息后，她推开附有照明功能的精密放大镜，用酒精小心翼翼地擦拭修复针，确定消毒干净后，才展开针盒，把针放回原位。

直到收拾妥当，湘悦才转过身来，坐在椅子上，让她的视线跟倾身的他刚好平行，能轻易望进那双黑眸深处。

“我一直想要问你一件事。”这件事困扰她好几天了。

“你想问什么都可以。”他很慷慨，也不想隐瞒她任何事情。如果可以，他也愿意掏出心肺，让她看清他对她的深深情意。

她深吸一口气，视线稍稍下垂，接着又抬起。

“是关于你的前女友。”她实在好想好想知道，几次问题已经滚到舌尖，却又硬生生吞回去，再不问清楚，她就要憋坏了。“为什么她会离开你？”

男性身躯微微一僵，俊脸露出苦笑。

“你的用词真委婉。”她的善良，让他心头一暖，“事实上，是她把我甩了。”提起往日情史，他没有半点隐瞒。

“为什么？”纯真的大眼，眨也不眨地看着他。

“她觉得我把工作，看得比她更重要，没有更多的时间陪伴她，又不懂浪漫，不论是情人节、圣诞节，每一个节日几乎都让她落单，只能看着别人成双成对。”他捻起一绺调皮的发丝，绕回她的耳后，“你还想知道什么？”

“没有了。”她轻声回答，声调软甜，因为他的凝视，羞羞地转开视线，尴尬地解释。“我只是不懂，为什么她会离开你。如果是我，不论如何都不想跟你分开。”

“我会忍耐，尽量不要黏着你。”

她自顾自地说着。

“你去工作的时候，我可以专心刺绣，这样时间感觉会过得比较快。”

柔软的语调，一句又一句，把未来勾勒得愈来愈清晰。

“遇到节日也没关系，反正情人节、圣诞节对我来说都不算节日。如果农历新年你也要工作，我也会忍耐，你不要担心，我很擅长忍耐，何况没有你在身边的节日根本不算节日，只要你工作回来时——”

强壮的双臂，毫无预警地伸出，紧紧将她圈抱在男性胸膛上，强而有力的拥抱打断她的话语，紧得险些无法呼吸。

“怎么了？”她窝靠在他怀中，因为被抱得太紧，无法抬头看清他的表情，只能对着他的心口说出疑问。

“你正在说着我们的未来。”他深吸一口气，庞大的身躯因为太强烈的幸福而微微颤抖。

那是一个有他，也有她的未来。

她说得那么理所当然、描述得那么仔细，让他仿佛也预见，未来他离家工作时，她孤身刺绣时的身影，还有返家时她会露出美丽的笑容，以生涩却又热情的吻迎接他的归来。

那是他所能想象的最幸福的未来。

看不见仁国此刻的表情，湘悦反倒有些不安，窝在他胸膛上，小小声地确认。

“是我太厚脸皮了吗？”她是不是说得太多？是不是太过自作多情？

但是这些话自动滚到舌尖，她无法不倾诉，有些心急地想让他知道，不论他多么忙碌，她也愿意忍耐寂寞，乖乖地等待。

所幸，他的回答抚平了不安。

“不，不会。”温热的薄唇，搜寻到她的润软红唇，每说出一个字，就烙下如誓言的吻。“我爱你所说的一切，好爱、好爱——”

这个吻好温柔、好深切，他缓慢悠长地吻着她，挑逗她唇舌，在敏感处懒懒地摩擦，甚至比做爱更亲密，仿佛整个世界都消失，连时间都不存在，只剩下他与她。她在他的吻下融化，睫毛轻轻颤抖，任凭大掌探入衣衫，解开蕾丝胸罩。

模糊的意识中，有声音响起，持续又规律。

当湘悦发现那是敲门声时，站在门口的娃娃，不知已经敲了多久。

“吃饭了。”她故意说得很大声。

仁国闭着双眼，抱着怀里的小女人不放，狠狠地下达逐客令。

“走开！”

“家里规矩一向是准时开饭，”娃娃才没那么容易被打发，娇美的容颜挂着微笑，“再说，你也舍不得饿着丁小姐吧？”她完全知道三哥的软肋在哪里。

薄唇很不甘愿地退开，湘悦脸红红地垂下小脑袋，隐约听见他低声咒骂，还因为往常只听不说，所以咒骂起来很不流利。她虽然不赞同说脏话，但是却跟他同样眷恋那个吻，希望晚餐无限延后、希望没有人来打扰他们。

下楼来到餐厅时，迎面而来是扑鼻香气，餐桌上摆满丰盛食物，热腾腾的面包、罗宋汤、烤牛肉，还有必备的新鲜蓝莓，虽然比不上城堡里厨师准备的大餐丰盛，但绝对足够填饱肚子。

“我去采买时发现，这里真的是只怕钱少，不然任何东西都买得到。”娃娃兴高采烈地说着，从厨房端出一个银盘，到桌边时才动作夸张地掀开盖子。“当啦，看我买到什么！”

银盘上堆着碎冰，碎冰中是颗粒饱满、色泽艳丽的——鱼、子、酱！

湘悦脸色一白，心咚咚咚地往下沉，只能转过头，望向仁国求救。

“她不吃鱼子酱。”他神情严肃地宣布，“我也不吃。”

娃娃嘟着嘴，满脸不可思议。

“为什么不吃？这可是西方三大珍味之一啊！”每次出任务，或是跟亲爱的老公出国，她都不会错过品尝美食的机会。

“因为之前在城堡时吃过了。”他一副拒“鱼卵”于千里之外的凛然模样，即便被残忍地严刑拷打，也拒绝再吃一小颗。

她伸出小手，悄悄握住大掌，无声地表达与他站在同一阵线。

“吃过还可以再吃啊！”娃娃用贝壳汤匙，舀起一匙黑珍珠般的鱼子酱，姿态曼妙地送进嘴里，陶醉地闭眼享受。

“我吃得太多了。”他坚持。

娃娃可不信了。

“美食只有嫌吃得少，哪里有人会嫌吃得太多？”

“是我的错！”湘悦脱口说道，看着他的眼神充满感激，“我不敢吃鱼子酱，又怕厨师伤心，所以拜托仁国帮忙，他那顿晚餐足足吃了十二人份的鱼子酱。”

贝壳汤匙停顿在空中，娃娃的肩膀不由自主地抖了抖。十二人份的鱼子酱即使不去算热量，一而再地重复浓郁滋味，久了肯定腻口到不行，享受变成酷刑。

啊，必须是真爱，才能做出如此伟大的牺牲！

娃娃神色复杂，看着眼前这对浓情蜜意藏不住，放闪的刺眼程度不但连戴墨镜都挡不住，甚至堪比核弹爆炸的情人。

“没关系，他们不吃我吃。”闻香而来的孝国，走到桌边拉开椅子坐下，拿起一块烤面包，舀了好几匙鱼子酱，毫不客气地大口咀嚼，两三口就消灭完毕。沾着面包屑的手，朝湘悦指了一指。

“她的黑眼圈越来越深了，你要是不能克制点，两个人就必须分房睡。”杨家老二不但吃相豪爽，话说得更是直接。

她粉嫩的小脸羞得烫红，颜色与温度都跟桌上的罗宋汤相似。只是，即使再害羞，她也必须坚持。

“我不要分房！”实话脱口而出，杨家兄妹们都微微一愣。

她忍住羞，强撑着不低下头，表达坚定立场，圆亮的双眸往身旁看去，瞧见仁国脸上的赞许与温柔，不由自主地回以微笑。

“拜托，不要再放闪了。”娃娃遮着眼睛呻吟着。

孝国挑眉，一脸莞尔。

“分房会影响丁小姐的工作效率？”他故意问。

仁国投来警告的瞪视，知道二哥早早就看出，她生性害羞，故意拿最私密的事情调侃，问得太不礼貌。

“你不需要回答。”这原本就是私事。

她深吸一口气，小脸还是红通通的，很认真地看着他，双眸里满是坚决。“我要回答。”她严肃地说道，转过头去，大声地宣布：“没错，分房会影响我的工作效率！”

她有心理准备，会有下一波攻击，杨孝国或许会故意问得更私人，测试她的尴尬底线，或者在分房的问题上打转，逼她承认更羞人的事。不论如何，她都决心豁出去了！

没有想到，孝国没有再追击，反倒笑得若有所思。

“那，就维持原状吧！”

啊，就这样？

她满心困惑，歪着小脑袋思索，觉得刚刚似乎通过了某种重要测试。

楼梯上传来奔跑声，杨爱国一边拨掉头发跟肩上的雪，把怀里绑着红色蝴蝶结的礼盒慎重放下，才拉开椅子在餐桌旁坐下，先喝了一碗罗宋汤暖身，才舒坦地喘了一口气。

“外头真冷。”他冷得某些部位，都要结冻了。

“你怎么会这么晚才回来？”娃娃问道，“再晚十分钟，二哥会把你的晚餐也吃掉。”

孝国咧嘴坏笑，一点罪恶感都没有。“老爸说的，迟到的人本来就没有吃饭的权利，饿肚子是活该。”

“所以我尽快赶回来了。”爱国端起盘子，把二分之一的烤牛肉，不客气地堆到自己面前。“我去四处转了转，还去帮依依买礼物，她想要俄罗斯娃娃。”虽然人不在爱妻身旁，但心里仍时时惦念。

“我老公说，只要我回家，就是他最好的礼物！”娃娃娇甜甜地说，放闪不输人。

爱国吃着牛肉薄片，用肉汁拌马铃薯泥，风卷残云似的吃掉一盘，直到嘴巴不再咀嚼食物，才抬起头来，神情严肃地说道：

“有人发出赏金在四处找寻丁小姐。”

“代表对方知道她在莫斯科。”娃娃弯弯的眉轻蹙，“是姓韩的泄露了消息？”

仁国摇头。

“他不会笨到杀鸡取卵。”

“所以，在姓韩的眼里，我们是鸡，还是卵？”娃娃绝望地问。呜呜，不论是哪一种，都好容易被吃掉哦！

“提出赏金的是一个意大利贵族，”爱国不理会小妹的哀号，继续说着重要情报。“名字是吉多·杰尼亚，有伯爵头衔，财大势大，家族几百年来做的是纺织生意，提供最顶级的羊毛布料，去年的营收是十一亿欧元。”欧元！不是美金、不是新台币！

孝国吹了个响亮的口哨，提到钱他就双眼发亮。

“这个人很可能就是绑架湘悦的幕后黑手，否则为什么要大张旗鼓地找她？”仁国的思虑最周密，毕竟事关心上人的安全。“我们必须考虑到——”话还没说完，身旁的小女人已经出声。

“是班特！”她兴奋地说，“是班特在找我。”

杨家兄妹的视线，同时转向那张雀跃的小脸。

“班特？”

“那是他中间的名字。”

“你跟他很熟吗？”仁国的表情有些古怪。

“我们从小就认识，他不会是幕后黑手。应该是白姥姥、康叔叔他们找不到我，所以请班特帮忙。”想到许久没有跟长辈们联系，她不禁有种深重的罪恶感。失踪这么久，大家肯定担心极了。

“他怎么会知道，你现在的行踪？虽然你身上装着GPS，但是干扰器——”仁国的脸色一沉，陡然想起关键问题，喃喃地咒骂。“该死！”

在城堡时有干扰器发挥作用，所以没有人知道她的行踪。甚至直升机上，跟现在的住所都有干扰器，屏蔽她的行踪。

但是，歹徒绑架她离开城堡，以及两个人在雪地里奔逃藏匿、取暖欢爱的时候，GPS信号就暴露了她的所在位置。那个有伯爵头衔的家伙，肯定是先在城堡附近搜寻未果，推测她仍在俄罗斯，才会提出高额赏金找人。

“赏金太高，找她的人会愈来愈多，事情会像滚雪球一样闹大。”孝国提醒，不忘抢食鱼子酱。

“我知道。”仁国咬牙吸气，看着身旁的小女人。

事情越是闹大，就越是容易引来危险，先前出价绑架她的幕后黑手，不会这么容易就放弃，所以冒险移动她，仍旧不安全。

他纵然不喜欢最有利的选择，但是事关她的安全，他就算再不喜欢，也不能拿她冒险。

瞧见他神情不对，湘悦凑上小脸，另一只手抚着他的脸颊，关怀备至地殷殷探问：“你哪里不舒服吗？”

她好担心，用手摸摸他的额头，却又不知道什么样的温度算正常。

“我没事。”他勉强挤出笑容，回握她的小手。“我们先吃饭。”

“好！”她毫不犹豫地点头，赞同他一切决定。

仁国端起盘子，贴心地夹取食物，选的每一样都是她偏爱的吃食。这段时间以来，他已经知晓了她偏爱的食物、饮料、衣裳、睡姿、作息。

如今，独占她的时间已经结束了。

他跟兄弟与妹妹交换了一个眼神，才正式宣布。

“吃饱之后，我们就去见杰尼亚伯爵。”

☆☆☆

湘悦跟长辈们久别重逢的情况，只有“混乱”两字能形容。

她没有想到长辈们，因为她的失踪，焦急地从世界各地聚集，一发现她的 GPS 讯号出现在俄罗斯，他们就全赶过来了。

当她跟仁国来到班特在莫斯科展店，斥巨资买下的豪华宅邸，护卫们就急忙上前，几乎是第一眼看见她，就匆匆领着他们走向华丽的电梯，按下五楼的按键。

电梯到达顶楼后打开，他们才刚踏出电梯，一群老人家立刻蜂拥上前，个个神色焦急。

“湘悦！”赶在最前头的，是个欧洲贵妇，满头银发用丝巾绑着，用标准的中文呼喊。“你这孩子让我担心死了！”她扑来给湘悦一个紧紧的拥抱。

后头的老人们，此起彼落地呼喊，穿着有的寻常，有的根本就是奇装异服，有志一同的是对湘悦的关心情切。

“总算见到你了！”身穿西装的英国老绅士，手拿着银质拐杖，难得显露情绪，神态明显松了一口气。

“快说，是谁绑走你的？康叔叔现在就去把那家伙拆成两百零六块！”穿着长袍马褂的东方长者气得发抖，提在手里的鸟笼也跟着抖，笼里的贵州凯里画眉更是抖得都走音了。

两个长得一模一样、发型、装扮、珠宝都相同，唯有旗袍颜色一个白缎精绣黑凤凰，另一个黑缎精绣白凤凰的双胞胎妇人，一个正在哭，另一个则正在笑。

“这些日子以来，姑妈担心得吃不下、睡不着。”汤大姑妈掏出黑色真丝手帕频频擦泪。

“哎啊，别哭别哭，终于见面了，该要高兴的才对。”汤小姑妈笑眯眯，不忘问出众人最关心的问题。“手呢？你的手还好吗？”

关键字出现，长辈们齐刷刷抬起头来，争先恐后地追问。

“对！”

“你的手怎么了？”

“快把手套脱下来！”

“有好好护着手吗？”

“快说，是不是冷着了，还是热着了？”

“老天保佑，你的手千万不能有事啊！”

“够了，别嚷嚷！”汤小姑妈喊着，制止众人骚动。“王大夫、麦斯医生，请你们过来替湘悦瞧瞧。”

头发花白的中医跟英姿焕发的西医同时走上前，一个握住她的左手，另一个握住她的右手，举到眼前仔细端详，检查完毕后再交换，彼此低声讨论了一会儿，才对众人慎重宣布。

“她的手很好。”

人们发出如释重负的轻叹。

站在电梯出口处的仁国，眼睁睁看着被中医与西医检查完毕的湘悦，被那群长辈们簇拥着，往大厅方向移动，一步又一步，离他愈来愈远。

养尊处优的老人们可不是独自行动，各自都带着服侍的仆人，东方、西方讲究不同，仅仅是眼下保持温烫的饮料，就有阿拉比卡的咖啡、斯里兰卡的红茶、中国的武夷山乌龙茶、中国台湾的金萱跟日本的抹茶，每种都是稀罕高价的珍品。

大厅中央的舒适沙发上，坐着一个头发银白，优雅从容的老妇人。

湘悦见到她，露出纯然喜悦的表情，迫不及待地上前，扑进老妇人怀里。“白姥姥！”她眼里浮现泪光。

老妇人接住她，没有过问她的双手是否无损，而是直直望进她眼里，慈爱和蔼地问道：

“你这段日子还好吗？”她满是皱纹的脸，依稀看出曾经的美丽。

“很好！”湘悦用力点头。

白姥姥点了点头，拍拍她的小脸，“那就好。”

众人都围绕着祖孙二人，连仁国也是。

只是，他站得离她最远。

祖孙温馨相聚，长辈们个个不落人后，抢着贡献热情与关怀。

“来，丫头，这是今年武夷山刚采的大红袍，你喝喝看滋味如何。”康叔叔从仆人手里接过一套三件的茶碗，递到湘悦面前。

“唉呀，别喝乌龙茶，那种茶偏凉。”绑着丝巾的欧洲贵妇，轻松一个扭腰，就用翘臀撞开端茶的中国男人，“喝我的欧蕾咖啡。”

康叔叔气急败坏地嚷：“你这个欧洲婆子懂什么，绿茶可是能治百病的！”

加了很多牛奶、很多糖的欧蕾咖啡，还没有送到湘悦嘴边，旁边又有人围过来，送上饮料食物跟补品。

“这地方冰天雪地的，快喝点野山鸡汤。”

“鸡汤太油腻了，吃我这枸杞红枣燕窝才好。”

“吃燕窝不环保。”

“我关心丫头都不行？”

“行，但是不要让她吃燕窝，她心疼燕子没窝可以住。”

身份尊贵的长辈们，都抢着要争取她的注意力，想跟她说点话，就算一两句也好。坐在大厅中央，灯光从上方洒落，让她泛着光泽的乌黑长发，映出一圈金黄色的光影，仿佛是无形的王冠。

从两人相遇至今，这是杨仁国第一次感觉，两人之间的距离，比千山万水更遥远。

被长辈们簇拥的她，并不是童话里的高塔公主，以任何定义来说，她根本就是货真价实的公主，珍贵而受人尊崇，如今的她再度回到闪闪发亮的王位上，备受宠爱也备受保护，而那些保护将把他隔离得非常非常遥远，说不定这辈子再也没办法接近她。

冲动之下，他迈出步伐，决定走到她身边。

他爱她。

千山万水不能阻隔他，再多的人群也不能阻止他，他要走过去，站在她的身边——

蓦地，他停下脚步，高大的身躯僵直不动。

从踏入大厅到现在，湘悦终于第一眼望向他，但是她的神情非但没有半点欢欣，反而是惊慌不已，还朝他匆促又轻微地摇了摇头。

那一瞬间，他只觉得晴天霹雳。

她不希望他上前？

她不希望这群老人们看见他？

复杂的猜测在脑中翻滚，他顽固地想要上前，跟她把话讲清楚。到时候，她会笑着告诉他，他只是在胡思乱想，她多么乐意他上前，迫不及待地要告诉每个人，他们美好的恋情——

突然，一个男人迎面走来，遮挡住他的视线，让他看不见她。

男人有着罕见的金色眼眸，褐色鬈发下是希腊雕像般完美的五官，年纪跟他相仿，毫无疑问就是跟湘悦从小相识，有权有势有巨额身家的杰尼亚伯爵。

对方穿着最高级的羊毛西装，在灯光下有高贵的光泽感，简直就是现代版的贵族盔甲。而且，他已经从妹妹的口里，知道整套由杰尼亚的黄金羊绒所制作的西装要价不菲，等同一辆限量高级跑车。

现任的杰尼亚伯爵露出微笑，对他颔首示意，迈步走了过来，仪态完美得无可挑剔。

从他身上仁国察觉到某种熟悉感。

当对方终于来到面前时，他赫然察觉，那种熟悉感是与生俱来的高贵，他会觉得熟悉，是因为湘悦也散发着同样的气质，两人异样的相似。如果她是公主，那么杰尼亚就是王子！

仁国僵硬地站在原地，看见对方伸出手，保持友善的微笑，用标准的中文说道：

“杨先生，谢谢你照顾我的未婚妻。”

第十章 | Chapter 10

未婚妻？！

黑眸敛黯，光芒一点一滴地消失。

“湘悦是你的未婚妻？”他仔细确认，感觉脚下的世界正在摇晃、崩解。

班特俊美得有如天使的五官，盈满笑意，甚至还有一丝同情。

“是的。”他慢条斯理地回答，微笑的弧度丝毫不变，“我很清楚自己跟谁有婚约。”

仁国的双眸，黑得像无底的深潭，他紧握双拳，无法动弹、无法言语。

“另外，这是赏金，谢谢你把她安全带回我身边。”班特用修长好看的手，递出瑞士银行发行的漆金色支票，那是信誉卓著的超级富豪，才有资格使用的珍稀支票。“这段时间辛苦你了，接下来，会有别的人接手，你不必再为湘悦的安全操劳。”

不愧是真正的贵族，就连下逐客令都可以如此婉转优雅。

但是，那种羞辱感却更加深重。

这个男人不介意湘悦在外面做什么，因为无论她做了什么，她已经选择了他，他才是那个富有、优雅，拥有她的赢家。

而他杨仁国，什么都不是。

这一秒，愤怒、耻辱感蜂拥而来，让他的脑海里一片火红。

仁国面无表情，没有接下支票，也没有多逗留一秒，甚至没有往大厅中央多看一眼。为了不让自己失控，他将所有沸腾的情绪都压下，径自转过身去，走出人声喧哗、金碧辉煌的大厅，不使用电梯，而是一步一步走下楼梯。

被众人簇拥的湘悦，把一切都看在眼里。

她坐得太远，听不见他们之间的对话，但是她清楚看见他脸上的表情，看见他眼里的光芒消失殆尽，黑眸不再亮如星辰，变得像漆黑暗淡的煤块，不祥的预感淹没她。

当班特拿出支票时，她惊喘出声，起身就想冲过去。

但是，有太多长辈包围在眼前，她才刚起身，就被好不容易挤上前的汤小姑妈，顺势推了回去，让她只能眼睁睁地看着那高大的身影转身离去。

他要走了！

湘悦在心中尖叫。

不，他已经走了！

他那神情，让莫名的慌乱由心而生。她猛然站起身，没有向白姥姥说明原因、没有向长辈们道歉，松开白姥姥的手，挣脱每一位长辈的阻拦，忘却礼貌、忘却教养、忘却一切，娇小的身躯挤开人群。

“丫头！你要去哪里？快回来！”有人惊呼。

“快阻止她！”有人喊得更大声，“不，不行，别伤到她的手！”

她没有听见，就算听见了也无法停下脚步。白姥姥与长辈们对她无比重要，但是刚刚离去的是她的心、她的灵魂，如果没有了他，她将彻底破碎，不再完整。

纤细的身影奔出大厅，消失在楼梯下方。

长辈们纷纷鼓噪，有的讶异、有的气愤、有的茫然，但最多是不可置信，呆愣地低头看手，喃喃低语着：

“丫头抽了手！她硬抽走了手！”这是真的吗？还是在做梦？

她从小到大，被交代过无数次，要保护好自己的手，湘悦也一直遵守着这个规矩，所以数次被绑架，即使身上受伤，却从来没有弄伤过手，但是这一次，她却硬将手抽走了。

坐在大厅中央的白姥姥，倒是依然镇定，如少女般秀丽的双手，搁放在腿上，嘴角噙着若有所思的微笑，看尽世间百态的双眸，依旧安详无波，跟身旁所有人的激动截然不同。

“班特，快去把丫头追回来！”

“是啊，快阻止她！”

“要是又失踪了该怎么办？”

“她为什么要追着那个男人跑出去？”

“到底是怎么回事？”

长辈们你一言、我一语地呼喊，甚至有的已经命令仆人们快快追去拦截。只是，所有的呼喊、命令、行动，全被班特阻止。

“各位请听我说。”他露出魅力无法挡的笑容，所有人如被催眠般安静下来。

“先别急着去阻止湘悦，他们有事要谈。”

他的视线越过大厅，看着白姥姥，微微点头，悦耳的男中音语调优雅。

“我相信，杨先生会知道分寸的。”

☆☆☆

湘悦追得好急。

好几次她差点就要跌倒，在坚硬冰冷的金丝大理石阶梯上摔痛，甚至摔伤，但是她不在乎，一心一意追着前方的男人。

“仁国！”她呼喊着，声音回荡在宽阔的楼梯上，“等等我！”

他不可能没有听见，但是他始终没有回头，更没有停下脚步，也没有慢下速度，径自一楼又一楼往下走去。

还好，他是用走的。

她用尽力气，这辈子头一次跑得那么快、那么奋不顾身，好不容易在二楼的楼梯转角追上，一手揪住他的袖子。当他停下脚步时，她已经气喘吁吁，跑得小脸通红。

“你、你怎、怎么突、突然、就就走了？”她上气不接下气，一句话说得零零落落。

“丁小姐，游戏时间结束了。”冰冷的语气，比刀锋更锐利。

她愕然抬起头，被他的语气刺伤，茫然又不解，但始终没有松手，反倒揪得更紧。他严酷的表情好可怕，望着她的眼神，像在看着陌生人，没有半点温度。

“你在说什么？”她喉咙发紧，茫然不解。

眼前的俊脸，陡然变得狰狞，比面对歹徒时更凶狠。

“公主婚前的游戏，我不奉陪！”他咬牙切齿，黑眸里怒火熊熊，“你的未婚夫说了，有别的人可以保护你，这里不需要我，我立刻就得走。”

红润的小脸瞬间变得苍白。

她知道他有多么在乎责任、多么看重工作，此时此刻他却宁可抛弃两者，只为了快快离开。

他要抛下她了！

“我不懂，什么未婚夫？”她就要失去他了。

颤抖的小手握住他的大掌，恐惧地察觉，他的手不再像往常那样暖烫，反而异常冰冷，不论她握得再紧，他也毫无回应。

虽然握住了他的手，她却深深感觉到，他正在离她远去。

“不要再露出这种表情！”他痛恨她无辜的模样，那么天真、那么纯洁，仿佛一无所知。“杰尼亚伯爵难道不是你的未婚夫？”

“不，他不是！”她猛摇头，发丝散落双肩。“班特跟我只是朋友。”

“他声称跟你有婚约。”

“这——”她努力解释，觉得他的手越来越冷。“一定是康叔叔、汤姑妈他们自作主张，觉得对外宣称我是班特的未婚妻，才更能保护我。”

“那么，你为什么要对我摇头？”他逼问，无法忘记那一瞬间的心痛。

她一时张口结舌，回答不出来。

因为长辈们有心脏病、高血压等疾病，突然且重大的冲击会像引爆炸弹，许多人很可能都会有生命危险。

因为当时太混乱，她想等长辈们热情稍缓再隆重介绍他。

因为她还没有想好，该怎么告诉长辈们她遇见了生命中最重要的男人。

因为她想从头述说，他们是怎么认识的，他对她有多么温柔、多么体贴。他们或许一开始会反对，但是她会说服他们，让他们知道他有多好，对她来说就像阳光、空气、水，没有人可以取代——

太多的因为，让她一时说不清，却被仁国误以为词穷。

他冷笑的声音，像猛兽受伤时的呻吟。

“我不配见你那些尊贵的长辈？”受伤的猛兽，会痛苦地撕抓。“我是你见不得人的秘密？可以在雪地里容许我上你，却不能出现在他们面前？”他丢出所有武器，口不择言。

“不只雪地，我们还在哪里上过？”他咧嘴狞笑，“床上？地毯上？桌上？这婚前的偷情游戏，你玩得过瘾吧？我这个下流野味让高贵的公主尽兴了吗？我想肯定有，毕竟我每次上你，你都哭喊得那么野——”

“啪！”

清脆的巴掌，打断他恶毒的话语。

仁国震惊不已，脸颊上的热痛，让他冰冷的身体再度感觉到温度。

她打了他。

全身颤抖、泪如泉涌的她，用最珍贵的手，重重地打了他。

“不要——不要把我们之间的事，说得那么——”湘悦泪眼蒙眬，握拳不断扑打他的胸膛，用力到双手发红。

他不觉得痛，但是，他却知道，她珍贵而敏感的双手，会因为这样的举动而有多痛。

即使再恼怒，他也不愿意她伤了自己，便反应迅速地钳住她的纤细双腕，用的力道恰到好处，没有弄痛她，只是有效地阻止她的动作。

湘悦却哭着挣扎。

她不曾打过人，因为最重视、最优先保护的永远是这双手。她一直被教导，双手无比珍贵。

但是，心都碎了，哪里还顾得了手？

“放开！”她伤心欲绝地哭喊，眼泪像断线的珍珠般滚落，不顾一切地挣扎，激烈到他不得不放手。

“是我的错，没有考虑到你的感受。但是，你不能那样说、不能那样说——”重获自由的双手，持续不停地攻击，力道愈来愈弱，心却愈来愈痛。“这不是游戏，我爱你！我爱你！”

这愤怒又伤心的告白，让他一时怔住。

“你说什么？”

湘悦抖颤着唇，泪流满面地说："我爱你——我从来没有想要嫁给班特——对我来说——他一直都只是像哥哥一样的朋友——"

这一秒，看着她满眼的泪，看着她红肿的手，他忽然领悟，她是说真的。

"我爱你。"

她这么说，还重复了一次，这里仍在宅邸里，随时都会有人经过，那些长辈和那该死的班特，随时可能过来，她如果要说谎，不会选在这个地方、不会选在这个时候。

她失控的反应，让消失的理智瞬间归位，叫心中受伤的野兽安静下来。

该死！该死！班特那家伙肯定知道，他会在盛怒之中做出蠢事！自己是个白痴！才会让那高傲的王八蛋操弄于掌心之中！

如果悔恨能伤人，他绝对已经死去了。

他总是因为她而失控，甚至因此伤害到最心爱的她。懊悔在心中翻腾，他紧紧拥抱哭泣的她，不知该如何安慰、如何弥补。

楼梯位于的地方虽然空旷，但是随时可能有人经过，他们现在最不需要的就是旁人的打扰。廊道对面的墙上，有个不起眼的把手，他抱着她走进去，本能地搜寻四周，确定是间布置奢华的化妆间，供女士补妆时使用。

“对不起。”他轻轻地将她放置在天鹅绒沙发上，单膝跪在她面前，捧着泪湿的小脸诚挚地道歉，“我错了。”

回应他的，是几下软弱的扑打。

“别哭。”他低语着，坦承自己的愚蠢和恐惧，“你是如此美好、如此珍贵，而我——我什么都不是——”

湘悦震惊地抬起泪眼，看俊容上、黑眼眸里的狼狈与自卑。

“我太害怕失去你，才会说出那些混账的话。”

“你这傻瓜，你怎么可能什么都不是？”她含泪抬起小手，抚着他的脸庞，“你是第一个只在乎我的人，不是因为我是谁，不是因为我懂什么，而别人保护我都有附加条件。只有你，保护的是我的人。只有你，看到的是我的心，不只是我的手。”

她泪眼蒙眬地啜泣，“杨仁国，你是我第一个真正渴望、想要的男人！”

眼前的小女人，满眼是泪，让人万分心疼。

一颗心因她的话语、她眼里的情意而紧缩。

“对不起。”他抬手覆握着她的手，忍不住哑声再道歉。

“不要抛下我。”发红的小手圈绕他的颈，小脸贴进他的颈窝，仿佛流浪万里后终于回到家似的，低声地叹了一口气。

仁国的心像刀绞似的疼痛。

“不会。”他慎重承诺，吻去一滴滴的泪，“永远都不会。”

泪水还是不受控制地滑下娇嫩的脸庞，她的唇盲目搜寻，直到寻见他的薄唇，笨拙却又坚持，用这些日子以来他教导的方式吻着。心还颤抖不休，她需要更实际的安抚，确认他没有离去。

灵活的小手，拉开他大衣的拉链，解开衬衫上的纽扣，非要贴抚黝黑的肌肤，感受体温的暖烫，驱逐先前冰冷接触带来的不安。

一颗心在胸膛里用力跳动，让全身发热。

“让我去锁门。”他在她的吻下喘息，匆匆低语。

“不要。”她拒绝放开，顽固地吻遍结实的胸膛，有时惩戒地轻咬。“留下来，不许走。”她娇声嘱咐，非常坚持。

他从齿缝间吸气，衣物一件件被剥除。

“会有人闯进来。”

“不管。”

“他们会看见。”

“不管。”谁看见她都不在乎。

他感觉她的渴望，她回应他的需要。

爱在此时此刻，以最单纯的行为证实，他们属于彼此，身份、地位、财富都无关紧要。

只要她爱他，他也爱着她，就好。

☆☆☆

思念原来这么难熬。

湘悦长长地叹了一口气，搁下手中的刀叉，面前虽然是丰盛的食物，她却一点胃口都没有，盘中美食堆得满满的，一口都没有动过。她的视线望向窗外，没有察觉同桌的长辈们也跟着转头，好奇窗外有什么好看的。

她跟仁国已经分开三天了。

那场误会争吵后，他们在化妆间里忘情地做爱，缠绵得难分难舍。

要不是他的手机铃声响起，“中场休息”的他们，肯定又会——

香艳的画面闪过脑中，羞得她小脸白里透红，咬着红润的唇瓣傻笑。

电话是杨孝国打来的，原来班特已经“关切”过，就算杨氏保全是跟凯萨琳签约，贴身保护湘悦的人也必须更换，总之不能是仁国。虽然，她立刻就想去找班特抗议，但是那时候衣衫不整，实在羞于见人，只好静静地窝在仁国的胸膛上，听着杨家兄弟通过手机争论。

但是，他的胸膛太吸引人，她东摸摸、西摸摸，不到几秒就分神，最后只记得他结束通话，捧起她的脸，在唇上印下火辣辣、充满占有欲的深深一吻后，声音低哑地说道：

“你别担心，就算我不在屋子里，也会一直看着你。”

她回过神来，知道他被说服先离开。虽然她看得出来，他并不想要这么做，就像她也不想让他离开，可是她相信他的判断。

“嗯，我不担心。”

她乖乖地点头，全心全意地信任。

他低头又吻了她，二人依依不舍。然后，他体贴地为两个人都穿妥衣裳，就离开宅邸，前来换手保护她的人变成了杨孝国。

从那天起湘悦就魂不守舍，不时长吁短叹，长辈们的问话她也不时漏听，甚至常常就发起呆来，想的全是仁国。

例如这顿午餐，才吃到一半，相思再度成灾，她又想起他。

长辈们伸长脖子，纷纷往窗外眺望，坐得远的还出声问道：“窗外有什么好看的？”

“没东西。”康叔叔冷哼一声，满脸都是不掩饰的反感，“是丫头又走神了，八成在想那个没礼貌又没教养的家伙。”来去都不打招呼，简直无礼到极点。

汤大姑妈跟汤小姑妈同时“哦”了一声，同时皱起弯弯的柳眉，好声好气地劝说：

"那种男人配不上你。"

"是啊，看看班特，他了解你的珍贵，不但跟你门当户对，他的权势跟财富也能够保护你。你就快点忘了那个家伙吧！"

湘悦握紧双手，明白长辈们所谓的保护，只是让她离开高塔后，住进金丝编成的牢笼，但是相较于长辈们对她的安排，她更不满他们提及他的口吻与态度。

"不要那家伙、那家伙地说，他有名有姓，姓杨，名仁国！"这是生平第一次，她一改柔顺态度，气恼而坚持地强调，"还有，不要说他坏话，他对我很好！"

康叔叔可不服气了。

"班特对你也很好，就跟我们对你一样好！"

"那不一样。"

"怎么不一样了？"

她环顾餐厅，认真说道："他教我溜冰。"

"溜冰！"现场响起惊呼，个个神色恐慌。

他们捧在手里怕摔了、含在嘴里怕融了的心肝宝贝，居然被带去溜冰！几个长辈血压瞬间飙高，更有人捂着心口，一旁的仆人连忙掏药，递上温开水，喂主人吞下。

"他、他他他他、他还做了什么？"康叔叔的声音颤抖，身体也颤抖，手里的筷子像是握住的刀子，只想着那个姓杨的家伙要是再敢出现，就要狠狠戳死他。

“他在雪地里脱了衣裳替我取暖。”她义无反顾地说。

“脱衣裳？”女性长辈们个个倒抽一口气。

“没穿衣服？”

“只有他没穿，是吧？是吧？你有穿，对吧？”

“天啊！”

“孤男寡女的，这——”汤小姑妈说不下去了，用手直扇发红的脸颊。

康叔叔气得眼前发黑，连脸色也是黑的，牙齿咬得咔咔作响，更坚定了要亲手杀人的念头。他要把那家伙碎尸万段！

“他、还、做、了、什、么？”

往常安于观察长辈脸色，事事不反抗的湘悦，不再沉默乖驯，誓言捍卫心上人的尊严，不许任何人诋毁。

“他还帮我吃了鱼子酱。”她仰起小脸，细数他的“壮举”。

此话一出，众人反倒愣住了。

“为什么要帮你吃？”康叔叔问。

“因为我不敢吃鱼子酱。”

“你什么时候开始不敢吃的？”

“十五岁。”

众人陷入沉默，视线全都望向餐桌上，那盆品质一流、分量充足的鱼子酱，个个神色复杂。他们从来不知道，疼得如珠如宝的丫头，竟然从十五岁起就不敢吃鱼子酱。想起这几年来的“喂食”，她即使不敢吃，也都乖乖吞下肚，罪恶感油然而生。

汤大姑妈在桌下挥手示意，仆人立刻把整盆鱼子酱端走。

始终坐在一旁的姿态优雅从容的班特，搁下刀叉后用餐巾擦了擦嘴角，露出迷人的笑容，仿佛双方的争论，一句也没有进他的耳朵，好整以暇地转过头，对湘悦说道：

“我在莫斯科的新店即将开张，进了一批来自喀什米尔的披肩，这种羊绒号称羊绒之王，唐代玄奘游记里就曾经有过记录；当年拿破仑也曾送给约瑟芬，在欧洲贵族间蔚为风潮。”与羊绒相关的典故，他无一不知。

美丽的小脸却陡然一沉。

“沙图什吗？”她看着班特，恼怒地指控，“那是杀害藏羚羊才能换来的商品。你知道现在世界上，只剩多少藏羚羊吗？”一条羊绒披肩，就需要牺牲三只藏羚羊。几个世纪以来的盗猎，让藏羚羊濒临绝种。

“我不做杀鸡取卵的事。”班特笑容依旧，“我买下喀什米尔山区几座农场，让人用细梳梳下羊绒后只取最顶级的部分，以当地传统方式捻织，品质近似沙图什。”

如此煞费苦心，也是杰尼亚家族数百年来的坚持。

知道用的是顶级的羊绒，而不是牺牲藏羚羊，她也有些心动，尤其是想到仁国偏爱天然材质，如果能挑选一件让他当围巾，就算天寒地冻也不用担心他会冷着。

班特继续说着："这批顶级羊绒，有几条是以当地称为卡尼的编织方式，以一千四百根木针手工编织，据说已经有三百年以上的历史，熟练掌握这种工艺的工匠已经越来越少，即将失传。"末了，他云淡风轻，仿佛不经意地问道："要不要去店里看看？"

她心动的神色隐藏不住，长辈们都瞧在眼里，为了化解尴尬气氛，也为了让两个人多点时间相处，全都乐于顺水推舟、笑逐颜开地鼓励，只差没直接把她往班特的怀里塞。

"机会难得，就去看看嘛！"

"是啊，难得班特一番苦心，才保存了这项工艺。"

"在名画里也见过不少刺绣的羊绒披肩。"

"啊，那可需要高超的绣工才行。"

"丫头快去瞧瞧，说不定随手拈来，绣得轻而易举。"

是啊，她有信心能在细致的羊绒上刺绣，能够绣上仁国跟她的名字缩写。这样他不论到哪里，只要感受到颈间的温暖，就会想到她。

眼看大伙儿兴致勃勃，已经要仆人们帮忙穿上御寒衣物，叽叽喳喳地讨论要坐谁的车，一起出发去班特的新店，始终坐在角落的杨孝国，礼貌地清了清喉咙，就事论事地提醒：

"我建议还是留在这里，离开宅邸会有安全上的隐患。"

他谨慎地说道，看见的却是一张张不以为然的脸庞。

康叔叔冷哼一声，连看都懒得看孝国一眼。他心里已经百分之百认定，姓杨的都不是好东西!

“担心什么？班特的手下个个身手顶尖，保护丫头绰绰有余。”

孝国面带微笑，完全看不出，要不是碍于尊老敬贤的原则，他其实多么想一拳往那张充满鄙夷的脸上揍下去。

“我相信班特先生——”

“班特是你能叫的吗？”英国老绅士把拐杖重重地往地上敲了两下，“伯爵！他是杰尼亚伯爵！”

孝国克制着不要翻白眼，维持着脸上的职业笑容。

“杰尼亚伯爵的手下虽然优秀，但是无法保证丁小姐就没有危险，要是有个万一……”话还没说完，就被打断。

“呸呸呸！”康叔叔只差没把口水喷到孝国脸上，“闭上你的乌鸦嘴，有班特照顾她，她安全得很！就算有贼人想对她不利，也会因为班特的权势与家世，打消伤害她的念头。”

“有些人不会在乎。”他提醒。

没有一个人理会，把孝国当作透明人，径自簇拥着湘悦离开餐厅，有的替她戴上小羊皮手套，有的为她戴好帽子，有的替她穿妥外套。

“可是，孝国哥说——”

“你别理他！”

“也许我们应该听孝国哥的意见。”

“要不然，那让这姓杨的一起去，这总成了吧？”康叔叔哼了一声，看着那家伙说道，“湘悦被关在屋里也这么多天了，该出去走走啊，不然闷坏了怎么办？”

话都说成这样了，知道他们打定主意就是要替湘悦妹妹和那伯爵制造机会，孝国也只能从善如流，点头说道：

“如果你们坚持——”

“我们坚持！”汤大姑妈眼也不眨地说着，跟着连忙再接再厉，回头笑眯眯地瞅着湘悦说：“哎呀，既然这保镖都答应了，班特的车最安全，装着防弹玻璃，你跟他坐一起就安全无虞。”

长辈们纷纷点头，故意没有说出，他们每个人的车都具有防弹功能，只一路簇拥着她走出大门。

那是一辆国家元首级的客制化凯迪拉克，订购的大多是低调奢华的顶尖客户。班特的这辆车，甚至在真皮座椅上绣着杰尼亚家族的徽章。

即便来到门口，湘悦仍为难不已，视线望向身旁的老妇人，手还不肯放开。“我想跟白姥姥坐同一辆。”哦，拜托，长辈里只有白姥姥没有逼她跟班特培养感情。

孝国再度用力清了清喉咙，“我必须跟丁小姐坐同一辆车。”

“你添什么乱啊你！”汤小姑妈不满地质问。

“对不起，职责所在，关于这一点我很坚持。”孝国的笑容快挂不住了，开了车门就坐进副驾驶座，也不管车外一群老人气得吹胡子瞪眼。

倒是白姥姥不以为意，慈祥地拍拍湘悦的脸，笑容和蔼依旧。“去吧去吧，不过是一小段路而已，别总是跟我这个老婆子腻一起，像个长不大的孩子似的。”

“湘悦，”班特绅士地伸出手，等着扶她上车，仪态无可挑剔，“请。”

她无可奈何，扶住班特的手，坐上车子宽敞的后座。不知怎么的，她突然想起，认识班特这么多年，她从来没有真正碰过他的手，每次礼貌的接触，她始终戴着手套。

“我已经请官方把路面清空，确保安全，也确保一路通行无阻。”班特坐到她身旁，轻声细语地说道，“你不用担心任何事。”金色的眼眸能令女人着魔。

她知道班特想要这桩婚姻，他正用最擅长的方式，以权势、财富，还有难以形容的魅力，处心积虑地讨她欢心。这样的攻势，换作别的女人绝对已经倾倒，他简直是女人心目中的白马王子。

但是，她一直当班特是朋友、是哥哥，而她的心、她的爱已经给了别人。

看着窗外的风景，她伸出戴着手套的手，在冰冷的窗户上画出一个爱心，再轻轻哈了一口气，看着爱心在白雾中显现。

她好想他。

仁国是不是也在想她？

会不会像她一样，思念得时常发呆，觉得时间过得好慢，一天就像一年般漫长，而三天简直就像永远——

“砰砰砰！”

一阵强烈撞击，撞得她身体一偏。

车子在旋转，四周景色也在旋转，要不是系着安全带，她早已飞到前座去了。

“怎么回事？”班特焦急的声音响起，头一次显得焦急。

“车子被攻击了！”杨孝国大声咆哮。他早就说过不该出门的，偏偏没有一个人肯听他的！

“这辆车很安全！”班特很坚持。

“狗屎，对方开的是坦克！”可恶！这是军事竞赛吗？这些歹徒也太嚣张了！

坦克车的履带隆隆前进，是俄罗斯军用的 T90，配备的滑膛炮比欧美常用的更强，班特利用官方清空了道路，正好让坦克车畅行无阻。即使是客制化的凯迪拉克，也承受不住坦克的攻击，第一波射击已经让车子伤痕累累。

杨孝国忍不住脏话连连，他清楚刚刚那一击，车子没被轰烂，只是因为他们想要示威、想要玩弄他们，就像猫捉老鼠一样。

眼见那炮管又调转过来，孝国猛地抬脚，踹开沉重破烂的车门。

他飞快跳下车，一边掏出手枪，一边大吼着："对方又要开炮，快出来！"

班特匆匆护着湘悦跑下车，司机也仓皇逃命，炮声一响，刹那间那辆防弹的凯迪拉克就被轰到了大街的另一边。

炮击的震荡让四人分散扑倒在地，还没有回过神来，一辆重型机车轰然而至，在每个人都还没反应过来时，一个戴着全罩式安全帽的男人，已经一把抓住湘悦，将她抓上重型摩托车，随即加速离开，只留下地上清楚的车痕。

四周都是尖叫声，班特的随身护卫们，尽力保护老人们的安全。

"快追上去！"班特脸色难看地爬起身来，大声下令，褐色鬈发在寒风中飞舞。

不需要任何人下令，孝国已经打开另一辆车的车门，毫不客气地把驾驶拖下来，再跳上车追逐逐渐远去的重型摩托车。

摩托车载着湘悦，用不要命的速度前进，她的头发鞭打着脸颊，但因为寒冷丝毫不觉得疼痛。

孝国踩紧油门，好不容易稍微缩减双方距离，重型摩托车却一个转弯，进了狭小的巷道，他开的车子根本进不去，只能火速下车，全凭百米冲刺的速度在巷子里奔跑。

每一口呼出的喘息都变成白烟，他看见重型摩托车在巷子底部刹车，心里陡然涌现不祥的预感。

蓦地，另一辆厢型车出现，侧面车门已经打开，里头早已有人接应，摩托车车手抱着挣扎不已的湘悦，跳进厢型车里。

在厢型车的车门关上前，湘悦最后看到的，是一脸凶恶、在巷子里狂奔冲刺、一边开枪试图射击阻挡绑匪，却依然追赶不及的杨孝国。

他射出的子弹，在车窗上留下两个摩擦过的痕迹，正对着绑匪的脑袋，可惜车窗是防弹的。

他没有放弃，依然狂奔而来，但绑架她的人已踩下油门，厢型车绝尘而去，将他远远抛在车后。

第十一章 | Chapter 11

湘悦被重重地推倒在地上。

强大的力量逼得她即使竭力避开，不用双手去支撑，掌根处还是免不了摩擦粗糙油腻的地面，要不是她戴着小羊皮手套，肯定会磨伤双手。

这些歹徒跟她之前遇过的都不同。

他们根本不在乎她的手！

恐惧涌上心头，她深吸一口气，翻身环顾漆黑的偌大空间，从刺鼻的汽油味道跟地上的脏污，猜想这是一间废弃不久的工厂。四周站着几个男人，面无表情地握着枪，枪口一致瞄准她。

肃杀的气氛中，一阵脚步声由远而近。

她警戒地转身，看见一个身穿西装的中年男人，慢条斯理地走近，考究的皮鞋避开地上的油污，多花了一些时间才来到她面前。

男人棕发下的褐眸，在微弱的灯光下熠熠生辉，有着藏不住的欣喜。

“丁小姐，我们终于见面了。”他用俄语和善地说道，“在下是米夏·加理宁。”他笑容满面地从西装内拿出一根伸缩铁棍，唰地抖开，银色铁棍闪烁刀刃般致命的光泽，却远比锐利刀刃更凶残。

森冷的寒意渗进她的骨髓，叫她不由自主地颤抖。

“你为什么要绑架我？”不论是米夏的笑容，还是他手中的伸缩铁棒，都让她恐惧不已，“是因为彼得大帝的皇冠吗？”

“没错。”他偏着头，赞许地挑眉，“我跟凯萨琳·罗曼诺夫在生意上一直有些不愉快。如果她靠着皇冠进入克里姆林宫，绝对不会让我好过，我必须阻止这件事发生。”

一个男人无声无息地上前，从背后钳制住她，粗鲁地将小羊皮手套脱去，强迫她伸出双手，搁在积着灰尘的桌上。

米夏用伸缩铁棍，轻轻在她颤抖的纤细十指上，近乎怜爱地来回触碰。

“破坏皇冠，会让我背负毁坏国宝的罪名。而毁掉你的双手，则可以一劳永逸，终结凯萨琳的妄想。”他微微笑着，语调温柔却充满危险，“真可惜了这双被神祝福的手。”

伸缩铁棍高高扬起，挥下的速度很快，银色光芒闪过她苍白的小脸——

蓦地，屋顶传来巨响。

砖瓦纷纷掉落，屋内的男人们纷纷举枪防御。一个身影顺着绳索快速下滑，在接近地面的时候，健腰猛扭，依靠绳索的拉力，凭空踢出几脚，每一击都精准地打中持枪者的要害。

当仁国的双脚落地时，持枪者已经全部倒地。

米夏的反应最快，在屋顶炸开前，就抓住挣扎不已的湘悦，紧抱在胸前做挡箭牌。即使部下转眼间都被打倒，他也能保持镇定，按下伸缩铁棍上方的按钮，铁棍最前端立刻弹出一根尖刺，直指她的太阳穴。

“放开她。”仁国的呼吸没有紊乱，愤怒却已经达到极点。他不敢去看她的双眸，怕她眼中的惊恐会让他彻底崩溃。

“休想，她可是我的保命符。”米夏冷笑着，早就听闻过杨家保全的名声，丝毫都不敢松懈，“放下你的武器，否则——”

高大的身躯僵硬了几秒，接着缓慢地举起双手。

湘悦只觉得全身的血液都凉透了。

“仁国，不要，别听他的！”

她惊慌的声音让他绷紧了全身肌肉，但仍旧继续慢慢地蹲下来，把手上的枪放在前方地面上。

“仁国，别为了我，他不会——”

“你闭嘴！”米夏拿着铁棍，往她额头示警地一敲，恼怒地威吓，“否则我宰了你！”

那一下敲得不重，她甚至没有感觉到疼痛。

但是仁国看在眼里，额上青筋瞬间暴出，恨不得冲上前去把米夏碎尸万段。碍于湘悦仍在那家伙手上，银亮的尖刺就在她的脑袋旁，他和他们的距离太远了，就算他冲上去，那家伙仍有足够的时间伤害她。

仁国只能控制着沸腾的怒气，匆匆扬声转移对方注意力。

“嘿，我放下了！”

“其他的武器也拿出来。”米夏喝斥，“快点，你不想看到她的脑袋被我敲破吧？”

黑眸略略眯起，仁国拿出腰后另一把枪，以及藏在靴子里的短刀。

“没有了。”他咬牙说道。

米夏嘶声狠笑，大声下令。“跪下！你给我跪下！”他想，这个该死的东方人，就该跪在他面前，卑微地开口乞怜，而不是一副高高在上、无声睥睨的可恶神情。

闻言，他下颏紧绷，却眼也不眨地跪了下来。

湘悦泪眼蒙眬，不敢相信他为了她竟抛弃武器、放弃自尊。

“很好。”米夏露出笑容。

他拖着她一起上前，伸缩铁棍高高举起，展开猛烈的攻击。

银光乱闪，铁棍一下又一下，狠狠打在关节上，专挑最疼痛的部位，手法非常熟练，前端的尖刺划破衣裳，触及外套下薄薄的防弹衣，所以只打不刺。肌肉、骨骼被敲击的闷声，一再响起。

“住手！不要再打了！住手——”湘悦泪眼婆娑，听着、看着他承受每一下攻击，心几乎就要碎了。

健硕身躯承受着痛击，却始终屹立不摇。他始终咬紧牙关，不动摇，更不求饶，其中一下挥击，尖锐的前端甚至在他脸上划出了一道伤痕。

连米夏都打到手酸，抬脚疯狂地乱踹。

湘悦再也无法忍受，朝着禁锢她的那只手臂，用力地张口咬下。就算不能阻止米夏的恶行，至少能让他转移目标，让她代替仁国承受那些可怕的痛。

“他妈的！”米夏被咬得松手，凶狠地把她推开，“贱女人，你敢咬我？啊？我先敲碎你那一嘴牙！”

眼看皮鞋就要踢来，她本能地缩紧身躯，预备承受这一击带来的疼痛，却被坚实温暖的男性身躯抱住，撞击的力道被缓冲，被保护在怀中的她，没有受到半点疼痛，只听到米夏的咒骂跟踢踹的声音，不断从仁国背后传来。

“别怕。”他注视着她，露出微笑。

眼泪一滴滴落下来，她哭着挣扎。

“放开我！”只要放开她，他就能自保，甚至反击，不用像沙包一样任由米夏疯狂地虐打。

他的呼吸靠在她耳畔。

“安静，”他抱得更紧，“别动，相信我。”

娇小的身躯无法停止颤抖，泪水也落个不停，但是她选择相信他，即使每一下踢击的声音，都像是踹在她心上。

不知道过了多久，米夏终于厌倦，喘着气停下踢踹。

“老子累了，你们就一起去死吧！”这个游戏他已经腻了。他伸手从后腰的枪袋里，拔出象牙柄手枪，视线稍微从两个人身上移开了一会儿。

那时间很短暂，连一秒都不到。

仁国等的就是这一瞬间！

他敏锐的五官始终注意身后动静，当米夏拔枪的那一秒，他倏地转身，往米夏的腹部用力踹去。

“啊！”惨叫声响起，米夏被踢到几步之外，高级西装抹了地，沾得处处是油污。

仁国扑上前去，挥拳打算了结这个变态狂，漆黑的枪口却已经对准他。他可以闪，也绝对闪得开，但是湘悦就在他身后，他一旦闪开，子弹就有可能会射中她。

他绝对不会让她受到半点伤害！

于是，他迎上前去，几乎在枪声响起的同时，有力的大掌握住米夏持枪的手，用力地一扭，咔啦一声扭断米夏的手腕，再补上凶狠的一拳。

枪声让她惊叫出声。

米夏躺在地上，不知是昏迷还是死亡，但是她一点都不在乎，急忙奔到仁国面前，惊慌地在他身上摸索。他明明可以闪开，却为了她挡下那一枪。她闻到烟硝味，摸索他的双手颤抖不已。

“他射中你哪里？”她担忧得止不住泪。

“嘘，没事了。”他温柔的低语，把她抱在怀里。

“可是那一枪——”温热的液体，一滴滴地落在她脸上、颈上、衣衫上。她抬头看去，惊骇地发觉他的额角涌出大量鲜血。“你受伤了！”

“别担心。”

“但是你在流血。”好多血、好多血，他的脸都被鲜血染红。

他竟还露出微笑，继续安抚她：“这只是小伤。”

“你骗我！这么多血，怎么会是小伤？”

“相信我。”他好言好语地哄着。

她慌得乱了心神。

“我不要失去你！”如果失去他，她活着也没有意义。他对她来说比生命更重要。他的血染在她身上，红得那么刺眼，她想按压伤口止血，却又不知道该如何着手，无助得好恨自己。

“乖，没事没事。”他一直哄着她，还吻了吻她的头发。

她放声大哭，哭得像个孩子，用尽全力抱住心爱的男人。

☆☆☆

事后她的记忆很紊乱。

杨家兄妹们赶到，收拾了那些先前被打倒，又试图爬起来的歹徒。但是她从头到尾一直哭喊着，他受伤了，他受伤了！

离开破败的工厂，赶往医院的路上，她始终哭哭啼啼，用杨娃娃递来的干净毛巾，压着仁国的伤口，但是毛巾很快就被鲜血浸湿。到达医院的时候，医生跟护士开始急救，把他推进手术室，她也想跟进去，却被杨家兄妹拦阻。

她颤抖地站在门口，直到杨娃娃看不过去，把她拉到椅子上坐下，又递给她一杯温水。

“不要担心，我刚刚检查过，子弹只是擦过三哥的头皮。”

“但是，他流了好多血。”就连她手中的纸杯，也被印上血指纹。“还有，他为了保护我，被打了好久好久——”眼泪滴落纸杯，让温水染了一丝咸。

“放心，我们兄妹们从小就被锻炼得皮糙肉厚，挨打只是家常便饭。”杨孝国双臂环胸，满不在乎地耸了耸肩膀，“再说，头部的撕裂伤，原本就容易大量失血。”

相较于孝国的轻松，娃娃则是一脸严肃，她用圆圆大大的眼睛，凶狠地瞪着二哥，直到二哥举起双手，用投降的姿态退后，退到医院走廊的另一头。

“丁小姐。”娃娃用平静的语气说道，“我三哥的性格，是一旦动情，就八头牛都拉不回来。虽然，他先前有过别的女友，但是最无法抵挡的是像你这样的女人。”娃娃一字一句地说道：“你一定记得，我们当初曾试图更换人选，改由其他人来保护你。”

没错，她记得。

关于仁国的一切，她都牢牢地记在心中。他的腼腆、他的温柔、他的关心、他的笑容以及他恼怒时的模样。

娃娃的声音清晰而冷静。

“国小五六年级时，他因为喜欢级任导师，训练时常跌倒，对练时害得学员脱臼，成绩更是一落千丈。”她停顿了一会儿，才继续说道，“那时，老师遇见色狼，他为了保护老师，被对方刺伤，足足在床上躺了一个多月。”这件事至今让杨家人余悸犹存。

湘悦恍然大悟。

原来，这才是真相。

杨家兄妹坚持换人，其实是为了保护仁国，怕他太奋不顾身，因为爱情而丧失理智，不懂设下止损点。所以，当她拒绝更换人选时，杨忠国才留下来辅助，甚至故意勾引她。

“生意固然重要，但是，家人才是我们最重视的。”娃娃注视着她的眼睛，严肃地说道，“你如果不是真的爱他，拜托就到此为止。”

“我爱他！”湘悦迫不及待地说道。

“他不是贵族，没有权也没有势，你们之间不论身份地位都天差地别。”娃娃提醒。

“那些都无关紧要。”

“你觉得无关紧要，那其他人呢？你的那些长辈们呢？他们能不能影响你的决定，逼你即使爱他，也不能跟他厮守终生？”娃娃的口气近乎质问。事关三哥的终生幸福，她宁可当黑脸。

湘悦缓慢地站起来，她理解娃娃的疑虑。仁国相信她的告白，为了她连性命都不顾，而她虽然在长辈们面前处处为他说话，却任由情况暧昧不明，让长辈们一厢情愿地以为她会嫁给班特。

她爱仁国。

不需要隐藏在暗处的偷欢，而是要光明正大地向世界宣告。

“我会证明这件事。”她果断地回答。

娃娃深邃美丽的黑眸里，闪过赞许的神色，“我很期待。”

像是算好时间似的，孝国在这时踱步走来，慢条斯理地说道：“那些在宅邸里等消息的老人家们要暴动了，再过一会儿，他们可能就会惊动俄罗斯当局，逼警察包围这间医院。”

“请告诉他们，我没事。”她抬起眼睛，看着手术房上的红灯。

“他们不相信。”孝国耸肩。“他们说，非要亲眼看到你，确定你连一根头发都没伤到，否则不论如何劳师动众，也要把你带回去。”

依照她对长辈们的了解，为了找寻她，他们的确什么事情都做得出来。

湘悦深吸一口气，努力冷静下来，一会儿之后，她转头看向杨家兄妹，慎重地确认：

“这真的只是个小手术？”

“是的。”

“他不会有生命危险？”

“不会。”

“好。”她下定决心，回去把话说清楚，于是转头对杨孝国说道，“那么，请你现在就带我回去。”

☆☆☆

宅邸内外灯火通明。

杨孝国开车送她到达门口，班特的护卫立刻上前，为她打开车门。孝国准备下车时，却被护卫阻止，要求他不得进入宅邸，他挑起眉头，没有抗议，异常平静地驾车离开。

护卫引领着她，走进电梯里头，为她按下六楼的按键。电梯门开了之后，他们没有跟出来，只伸出手指引。

“前方那个房间里有人正等着您。”护卫恭敬地说道。

她点点头，往房间大门走去，推开只是掩上，而不是关上的门。长辈们总是如此体恤，甚至舍不得她用手开门。

才刚走入偌大的房间，房内所有人都转过头来。几乎所有的女性长辈们，全都待在屋里，瞧见她的模样时，个个惊慌失措、花容失色。

“丫头！”叫唤声、惊呼声此起彼落。

“哎呀！怎么弄得一身是血？”

“天啊，我要昏了！”

“快站到灯下来，让我仔细瞧瞧。”

她在纤纤玉指们的推送下前进，一边解释道：“不要担心，这不是我的血，是仁国的。”想想她现在的模样，肯定很吓人，脸上、衣裳跟双手，都沾着已经凝固的血渍。

安然坐在灯下织锦沙发的白姥姥，牵起她的手，殷切地问道：“有没有伤到哪里？”

“没有，仁国保护了我。”

“那就好。”白姥姥点头，露出慈爱的微笑。

其他人才惊醒过来，匆忙举起她的手检查，确定没有受伤后，才纷纷松了一口气，汤小姑妈还咕哝着，沾了那么多血，要是染上什么怪病可不好。

“那个——对了，先到浴室去吧，这一身血污的，该洗干净才好。”

湘悦匆匆说道：“等一下，我有话——”

“哎呀，有什么话都先洗干净再说。”

“是啊是啊！”

“可是——”她再说。

“洗干净了才清爽，满身是血的，看得人心慌意乱啊！有话一会儿再说，大伙儿都在，你慢慢讲，我们哪儿也不会去。”

虽然看出她们别有意图，她却没有反抗，也没有戳穿，任由她们一搭一唱，偷偷交换眼神，哄着她进浴室。

四角镶着黄铜神兽的白瓷浴缸里，早已放着温度适宜的浴水，还倒入昂贵的玫瑰精油，经过水温蒸发，玫瑰的芬芳弥漫整间浴室。

长辈们替她脱掉衣裳，七手八脚用柔软的天然海绵，在她身上又搓又洗，好不容易才洗掉她身上、发里凝结的血迹，还有血腥的气味，直到她闻起来就像一朵盛开的玫瑰。

厚软的毛巾擦干水分，她们领着她踏出浴室，房里已经有人拿着一件优雅的小礼服，兴奋不已地等待着。

湘悦看着那件小礼服，虽然早已心知肚明，但没有反抗也没有说话。她在镜子前坐下，任由她们摆布，就像她小时候，她们总会细心地为她绑头发、穿上美丽的衣裳、戴上保护双手的手套，悉心将她照顾得妥妥帖帖。

最后，她们为她戴上王冠。

那是一顶用白银打造，珍珠镶缀的王冠，珍珠颗颗圆润，虽然年代久远，却没有一丝泛黄，被保存得非常完好，白银的线条，是杰尼亚家族的缩写。这顶王冠，数百年来只属于杰尼亚夫人，在婚礼时才会致赠给新娘。

“丫头真美。”

“不能再丫头丫头地喊了。”

“是啊，该要改口了。”

汤大姑妈拿出手帕，擦了擦眼角，“等了这么多年，总算盼到这一天。”

她们簇拥着她离开房间，走到五楼大厅上方的阶梯。从上方望去，大厅被布置得美轮美奂，充满人工温室培育才能在这个季节盛开的白色玫瑰，所有人都盛装打扮，角落有小提琴乐团，正在演奏悠扬的古典音乐，大厅中央的桌上摆着香槟杯塔。

因为她的出现，大厅里的人们陷入短暂沉默，望向她的眼神充满欣喜与赞叹。

汤小姑妈在她身后说着。

“我们想啊，不能让你再遭遇危险，不如快快让你跟班特结婚，有了他的保护，我们也能比较安心。”

“是啊，虽然仓促了点，但总归是喜事。”

“我们也不希望夜长梦多。”

湘悦耐心地再度重申：“保护我的是仁国，不是班特。”

不知是哪个人，重重叹了一口气，“他就是个保镖啊！”

“他不只是保镖。”她平静地说道。

“那、那多给他一些钱，不就得了？”

“是啊，保护你是他的职责所在。”

她不再说话了。即使她说得再多，长辈们也不会接受。他们太关爱她，没有发觉过度的关爱，早已变成无形的枷锁，他们为她决定过去每件事情，也想要决定她的未来，所以一确定她的安全，就迅速筹办了这场婚礼。

“快下去，大家都在等你。”

她在人们的催促以及注视下，一步一步地走下阶梯，精致的婚鞋上镶着宝石，每一步都熠熠生辉。

大厅的中央，班特站在神父面前，微笑着对她伸出手。

湘悦走上前去，一步一步来到他面前，直到两个人相距只剩一步的距离。然后，她摘下头上的王冠，在众人的抽气声中，把王冠放进他手里。

“我不能嫁给你。”她认真地说。

“咚！”

有人昏倒了。

急促的呼吸声响起，应该是某人气喘发作。

她没有回头察看，笔直地望近班特的金色眼眸中。

“我希望你再认真考虑看看。”他没有恼怒，平静地试图说服她，“我们的身份地位都相配，结婚之后，我可以确保你一辈子荣华富贵，你也能为我扩张家族的影响力。”他很诚实。

她露出微笑，感激他没有说谎，更没有利用长辈们的慈爱，对她施加压力。长辈们说得对，他的确是个好男人。

长辈们迷信权势，但是她要的是爱情。

“我不能嫁给你，”她重复，摇了摇头，“因为，我不爱你。”

金色的眼眸眨也不眨，十分镇定。

“不是每一桩婚姻里都有爱。”他说。

“或许吧，”她回答，带着一点歉意，“但是，我已经有爱的人了。”

她爱的不是王子，而是为了保护她不惜伤痕累累的骑士。

班特看着她，突然之间露出璀璨的笑容，“现在的你，真的让我心动了。”

这么真诚的赞美，让她有些不知所措，虽然从小就认识，但是她好像直到此时此刻，才看清始终隐藏在礼貌下的真实的班特。

蓦地，身后传来熟悉的男性嗓音。

“请问，我有幸邀你共舞吗？”

她讶异地快速转身，看见心爱的男人就站在一旁，一脸微笑注视着她。虽然他头上还绑着绷带，脸庞上还有刮伤，但是他不再满头鲜血，健康得仿佛不曾受到虐打、不曾受到枪伤。

跟其他人的盛装打扮不同，他没有昂贵华丽的服装、没有耀眼的家传珠宝，穿在他身上的是那件她最喜爱的外套，上头还有十几道被划破的裂口。他们曾经在外套里热吻过许多次。

“仁国！”她惊喜地喊着，扑进他的怀中，“你不是还在医院吗？”她原本决定对所有人宣布过后，就要冲回医院找他。

“你刚离开不久，手术就结束了。”他牵握着她的手，在众人的注视下，领着她转了一圈，“医生只是缝合了伤口。”

她任由他带领，随着音乐舞动，娇小的身躯贴在他怀中，仿佛生来就属于那个位置。

“你流了好多血。”回想起那个画面，她的眼圈又红了。

“头部的撕裂伤，通常都会大量出血。”他轻声说着，耐心地一再安抚。

“我好害怕，”她贴得更近，非要倾听到他强而有力的心跳，证实他真的安然无恙，“好怕好怕，怕失去你。”

“不怕了，你看，我现在不是好好的吗？”他带着她舞动，姿态熟练。

“伤口痛不痛？”她追问。

“不痛，医生打了局部麻醉药物。”

“那你身上痛吗？米夏那样痛打你，我——”

“放心，我妹妹的拳头都比他有力。”他咧开的笑容，竟然带着一点邪恶，“不过酸痛跟一些刮伤是难免的，如果你肯亲吻那些地方，或许我很快就会痊愈了。”

他的提议让她羞红了脸，微微咬着唇瓣，一会儿之后才小小声地说：

“我愿意。”

黑眸顿时亮了起来，他低下头，当众亲吻她嫩红的唇。

情人间浓情蜜意，四周却有人气得发抖。吃药的吃药、昏倒的昏倒，勉强支撑的长辈们，瞪着仁国的眼神，像在看着不共戴天的杀父仇人。

“没教养的家伙，竟连正式服装都没穿！”康叔叔愤恨地骂着，考究的单边眼镜气得都掉了下来，在胸前荡啊荡。

“我看不下去了，快把他们分开！”

“这家伙有什么好？”

“他哪一点比得上班特？”

“嗯，可是——”汤大姑妈却有不同的意见，“他身材还真是不错，宽肩细腰窄臀的，尤其是那个挺翘的屁股——哎呀，为什么撞我？”

“什么时候了，你还在看男人的屁股？”绑着丝巾的欧洲贵妇瞪了她一眼。

汤大姑妈不服气了，“的确是挺好看的啊！”

“你还说！”

“你凭良心嘛，是不是好看？”

欧洲贵妇一时语塞，“呃——”

女人们争论不已时，康叔叔已经下令，要护卫挡住所有出口，他绝对不允许这个姓杨的家伙带走他最疼宠的丫头。

瞧那家伙还甜言蜜语的，在哄骗湘悦。

“你愿意跟我走吗？”

“愿意。”她笑得那么欢欣。

唉，傻丫头！康叔叔暗暗发誓，只要还有一口气在，姓杨的就不能拐走——他的注意力突然被窗外的噪声吸引。

就在这个时候，杨仁国牵着湘悦的手，往窗台跑去。窗外直升机引起的风压，让天鹅绒窗帘飞舞个不停。一条安全绳梯垂落，杨仁国拉住绳梯，一脚已经踩了上去。

在众人的惊呼声中，她转过身来，环顾长辈们，露出最美丽的笑容，大声宣布：

“对不起，”她无法违背自己的心，“我要嫁给他！”

康叔叔率先发难。

“不可以！我不允——”啪嗒一声，他重重地摔在地上。

竟然有人胆敢伸脚绊他？

他愤怒地抬头，要喝斥对方是不是活腻了，却陡然目瞪口呆。

伸脚绊他的居然是德高望重、地位最高的白姥姥！

“丫头，去吧！”白姥姥说道，一妇当关万夫莫敌，没有人胆敢上前阻拦，“爱他就跟他走！”

湘悦惊喜地看着从小教她穿针、教她刺绣、万分疼爱她的姥姥，眼眶里不由得浮现泪水，她真的很感谢长辈们的照顾与疼爱，所以才一直不曾违抗过，可是在选择一生相伴的男人这件事上，她真的无法退让。

她没想过，白姥姥会支持她的选择，她看着那满头华发、气质高贵的姥姥，感恩地含泪大喊：

“谢谢姥姥！”

然后，她抱着心爱的男人，一起攀上绳梯，任由冷风扑面，悬荡在无垠的夜空，让直升机带着他们前往幸福的未来。

当窗帘静止不再翻飞的时候，满头银发的白姥姥转过身来，带着笑容用力拍手。“好了，起来起来，全都振作点，老家伙们不要装死，丫头有权去追求幸福，我们不能干预。”

在众人的呻吟与啜泣中，她伸出手来，对刚刚被甩的新郎说道：

“陪我跳支舞。”

班特露出笑容，以标准的绅士礼，在白姥姥的手背上印下一吻。

“这是我莫大的荣幸。”

☆☆☆

直升机嗒嗒嗒嗒地往上攀升，越飞越高，湘悦喘着气，看到万家灯火从脚下掠过，直到这一刻，才意识到身上没有绑安全索。

刺骨寒风呼呼呼地吹过，但身边的男人很温暖，他的长臂紧紧地揽着她。

“害怕吗？”

她仰起小脸，将视线从脚下美丽的城市，转向看着她的仁国。

“不。”她凝视着他的脸庞，紧紧拥抱，“我不怕，只要能跟你一起，去哪儿我都不怕。”

这话，让喜悦充满心胸，他低下头哑声说道：

“我爱你。”

她笑出声来，大声地宣告：

“杨仁国，我爱你！”

他忍不住在绳梯上低头亲吻她，直到上方有人大声喊着。

“臭小子，你还要在下面待到什么时候？要不要我干脆绕城一圈？姓韩的直升机出租费用很贵啊！快点上来啦！”

“二哥，你这样说没用。”娃娃的声音跟着传来，带着浓浓笑意，“三哥！再这样下去，嫂子的内裤就要被全莫斯科的人看光啦！”

湘悦听得又羞又窘，却又忍不住笑得停不下来。

只要能跟他在一起，真丝小内裤被看光也没关系啦！

她环着他的腰，满心欢喜，确定与他相守终生，就是她今生的归宿。

尾声

他们选择公证结婚。

她只穿着一件洋装，他穿的是她坚持一定要穿在身上的由她亲手修补过的旧外套。现场只有杨家人出席，她握的捧花，是艳丽女镇长送的一束玫瑰，因为杨家人在镇上贡献良多。

场面很温馨，虽然没有喜宴，但是回到杨家后，就展开烤肉马拉松，任何人都可以参加。湘悦吃得好饱、好开心。

跟仁国在一起的每一天都充满着幸福。

婚后，他们回到俄罗斯，将皇冠修复完毕，依照约定交给凯萨琳。

除了白姥姥之外，长辈们表面上都维持不接触、不谈判、不妥协的“三不”原则，以示反对她跟仁国的婚姻——只是表面上啦！

康叔叔最先出现，表情严肃地站在屋外，那天仁国烤了一只鸡，特别把鸡腿切下来给她，她正吃得津津有味，满嘴油腻腻的。

“他对你好吗？”康叔叔问道。

她握着鸡腿，满脸藏不住甜蜜，“很好！”

虽然忍痛接受了现实，康叔叔还是舍不得抛下她不管，尽管没有好脸色，但还是给予祝福，把准备已久的结婚礼物送给他们。

之后，长辈们陆续来访，每个都偷偷摸摸，确认她过得幸福快乐，离去时还不忘嘱咐她不可以说出去。

大家送来的结婚礼物，项目多得令人咋舌，光是看清单就非常惊人，全都是千挑万选、准备多年，就为了给她这个心肝宝贝当嫁妆，其中甚至还包含一颗人造卫星。

至于在杨家的日子，远比她想象的更美妙。

原本，她还担心自己什么家事都不会做，却发现杨家是女性至上，家事全由男人包办，而她简单缝制的衣裳，让杨家女人疯狂不已，她头一次交到年龄相近的朋友。

只是，结婚后工作仍旧找上门，她先前已经推掉好几个了，但是这个工作实在很吸引人，她在某天的晚饭后对家人们提起：

“我想去修国旗。”

吃饱喝足的一家子，全都转过头来，满脸困惑地看着她。

“国旗？为什么要修？国旗不是文具店就买得到吗？”杨孝国茫然不解，手里还在剥橘子。

“是美国国旗。”她强调。

“美国国旗？”跟爱妻依依窝在一起的爱国，也提出疑问，“那美国的文具店也买得到啊！”

湘悦的声音变小了，但还是很清晰，客厅里每个人都听得一清二楚：

“是美国建国的那面国旗。”

“等等，你是说，是两百多年前，建国的第一面国旗吗？”

“嗯，就是那一面。”她乖乖点头。

所有人顿时肃然起敬。

哦哦，那不论哪里的文具店，肯定都买不到了！

他们时常忘记，老三娶的老婆可不是简单人物，尤其是那份结婚礼物的清单，看得管控成本的老二，足足傻笑了一个多礼拜，差点笑到下巴脱臼。

仁国的妈妈关切地问道：“你准备什么时候出门？”

“只要仁国有空，我想下礼拜就出发。”她转过头，看着身旁的丈夫，二人的双手紧紧交握，“你愿意陪我去吗？”她明明知道答案，却偏偏就想听他说。

他对她露出最温柔的微笑。

“愿意。”他承诺，“今生今世，不论天涯海角，我永远都会陪着你。”

哦，她真的好爱好爱他！

这个最温柔的绑匪，绑架了她的心，给了她满满的幸福。

于是，她忍不住倾身亲吻他。

旁边不知谁又开口调侃二人，不知谁又笑着、闹着，但是她一点也不介意，这是个温暖的家庭，而他们真心接受了她。

他也不在乎兄弟们的嘲笑，从桌上拿了橘子，剥了一瓣喂进她嘴里。“你别理他们，那两个因为娶不到老婆，所以嘴才那么坏。”

娃娃笑着应和：“三哥说得对，你们不服气，去娶一个回来啊！”

湘悦窝在仁国身边，看着杨家兄弟与超厉害的小妹，你一言、我一语地斗嘴，只觉得莫名地心安。

偷偷地，她又亲他一下。

仁国低下头来，扬起嘴角，舔去她嘴角残留的橘子汁，让她粉嫩小脸羞得通红。他却大大方方地握着她软软的小手，靠在沙发上，继续笑着看兄弟和小妹大战八百回合。

杨家的屋子，欢腾热闹，笑声处处，而仁国知道，他已经找到了他的幸福，并握在手中，他会和父亲一样，小心地守护心爱的人一生一世，和她携手白头，相爱到老。

（全文完）

天王巨鲸　加萌禾马

典心

嘿，大家好，我是典心！

在禾马出版社看到人家出书，有没有很高兴？有没有很开心？有没有很惊喜——哦，对不起啦，这么久才出书，拜托大家放下手里的鸡蛋跟番茄，看在新书的分儿上，稍微冷静一点啊！

这两年因为健康问题，肩伤久久不愈，一边复健一边写稿，所以写作速度慢得很夸张，已经到了令人发指的地步。谢谢大家持续关心，总算在脑浆干得吱吱叫的二〇一六年年初完成这本《淑女的骑士》。

故事内容提到古老的技艺，资料看得很开心，写得也很快乐（圣堂教母：快乐还写得那么慢！鞭打 ing），原本书名是

"公主的骑士"，因为女主角的身份贵重，而且禾马之前已经有这个书名，所以才改成现在的书名。

初来乍到，恰巧就跟黑洁明一起出书，想说这样也好，大家一起买书比较容易。但是，人生最可怕的，就是这个"但是"！阿心仔写到爆页了！

禾马小编："你你你你你——"

阿心仔："啊——对不起啦！！"

禾马小编："刚来你就给我爆页数！"

阿心仔："呜呜，人家去跪算盘——"

一言既出，驷马难追，预购的特装版，先前宣告的定价是新台币二二〇元，但是平装版调整回合理定价新台币二五〇元。预购特装版的读者，买到赚到啊！（继续跪算盘 ing）

☆☆☆

二〇一五年热得很夸张，阿心仔就算躲在家里，都还是热到快融化。入冬时气象局宣布是暖冬，正想着冬季衣物大概派不上用场，就来了个霸王级寒流，别说出门追雪、看冰霰，我一直躲在床上不敢离开。

人家只是把故事背景放在俄罗斯，并没有想要亲身体验啊，寒流不要这么贴心，我是不会就范（！？）的！

其实，冬天冷很正常，但不要这么冷吧！菜价贵得好离谱，买菜的时候我的荷包跟手都会一起发抖！

不过说到天寒地冻，就要提起书中写到冬季奥运会花式溜冰选手普鲁申科，粉丝们昵称“普普”，这几年来曾几次有幸现场观看普普演出，精湛的技艺真的是看得阿心仔把肥嫩嫩的鱼鳍都拍到发红。

台湾四季如春（乁，现在还能这样说吗？），溜冰并不盛行，最早知道这项技艺，是从日本漫画中看来的，但是漫画归漫画，虽然美食漫画里有龙在飞舞、有仙女在撒花，但现实远不比上漫画夸张。不过，花式溜冰实在不同，现场观看的激烈气氛，远远超过漫画所能表达。

啊，还有一点不得不提：这本《淑女的骑士》是系列作，先前出版的《无敌洋娃娃》是杨家小妹娃娃的故事（狗屋出版社）、《甜蜜战争》是杨家四哥爱国的故事（春天出版社）。杨家人群起怒吼：“你为什么要让我们家庭破碎！”

禾马小编：“页数啊页数啊！注意注意，不要连后记都给我写到炸！”

阿心仔：“是，好，人家再说一点、再说一点……”

☆☆☆

是记录也是纪念。

二〇一六年禾马线上书展，《淑女的骑士》推出预购特装版，原本考虑到手伤，所以签名限量六百套，但是大家太热情，所以阿心仔也决定撩落去，预购的全——部——都——有——签——名！

书衣海报使用厚磅雪铜纸印刷，不上光，更能展现画作的原色，附赠内封的复制画，也是重磅雪铜，不上光，很美丽。签名页则是使用粉色美术纸，会盖上萌萌的鲸鱼娃印章，谢谢大家的热爱，就算盖到天荒地老、双眼蒙眬，我也会嘴角含笑。

至于平装版，还是有很美很美的封面，没抢到特装版的不要哭哭，下次预购要趁早哦！

谢谢所有企划相关人员，愿意全心全意构想制作出美美的作品，尤其是荷包失血的老板。

谢谢平凡、陈淑芬老师的精湛画作。

也谢谢读者们的厚爱。

我爱你们！谢谢，我们下本见，咕得掰！

PS：附上脸书“典心小铺”，网址：http：//0rz.tw/s6dGw。

欢迎大家来玩哦！

版权登记号：01-2016-4113

图书在版编目（CIP）数据

淑女的骑士／典心著．—北京：现代出版社，2017.1
ISBN 978-7-5143-4761-6

Ⅰ. ①淑… Ⅱ. ①典… Ⅲ. ①言情小说－中国－当代
Ⅳ. ① I247.5

中国版本图书馆 CIP 数据核字（2016）第 245399 号

淑女的骑士

作　　者	典　心
责任编辑	袁子茵
出版发行	现代出版社
通讯地址	北京市安定门外安华里 504 号
邮政编码	100011
电　　话	010-64267325　64245264（传真）
网　　址	www.1980xd.com
电子邮箱	xiandai@vip.sina.com
印　　刷	三河市宏盛印务有限公司
开　　本	890mm × 1240mm　1/32
印　　张	7.75
版　　次	2017 年 1 月第 1 版　2017 年 1 月第 1 次印刷
书　　号	ISBN 978-7-5143-4761-6
定　　价	29.80 元